JN288913

「垣間見《かいまみ》」る源氏物語

紫式部の手法を解析する

吉海直人
Yoshikai Naoto

笠間書院

本書を読む方へ

『源氏物語』に関する本は山ほどありますね。それを大きく分類すると、一般向けと専門向けに二分できるようです。一般向けの本は、わかりやすく内容をまとめたガイドブック的なものが大半を占めているようです。専門向けの本は、研究者が自分の読みを論文という形で集めたものですから、魅力的な反面、文体にしても内容にしても一般の人にはかなりわかりにくいものとなっています。

私も今までは研究者を読者とした研究書を出版してきました。たとえ発行部数は少なくても、それが研究者の正道だと考えていたからです。この本も、内容的には研究論文として書いたものです。ただ今回は、できれば一般の源氏物語愛好家のみなさんにも読んでいただきたいと願って、できるだけわかりやすいように工夫を凝らしてみました。

本書の内容は、「「垣間見」る源氏物語」という書名が示している通り、垣間見に注目して私の読みを提示したものです。『源氏物語』に描かれている主要な垣間見場面を抽出し、そこに織り込まれている物語の意図を丹念に読み解くことで、物語全体の仕組みを理解しようという大胆な試みのもとに書かれています。

垣間見の重要性は、故今井源衛先生によって解明され、現在では物語の手法として位置付けられています。しかも垣間見という行為は、主人公の視線を通して物語を描写する手法ですから、必然的に絵になりやすいという特徴を有しています。そのため源氏物語絵巻や源氏絵の画材としてもしばしば取り上げられているようです。

読者のみなさんも是非主人公の視線に同調して、主人公になったつもりで垣間見を体験してみて下さい。私は今井先生の垣間見論に導かれながらも、いくつかの点でそれを批判的に進展させてみました。その一つが、視覚のみならず聴覚や嗅覚の重要性を浮上させたことです。従来は垣間見ということで視覚が最優先されていたのですが、そのためにかえって聴覚や嗅覚の重要性が看過されてしまいました。本書ではその聴覚や嗅覚の役割を具体的に論証してみた次第です。

二つ目として、従来の垣間見論は、男女の恋物語展開の方法としての有効性のみが重視されており、それ以外の垣間見の役割は放置されてきました。しかしながら本書ではそれを拾い上げ、そこからさまざまな垣間見の役割を考えてみました。垣間見にはそういった可能性が秘められていたのです。

ここで、本書で取り上げた主要な垣間見二十場面をあげておきましょう。

主要垣間見場面一覧

1　竹取物語　＊恋物語展開が閉ざされているので垣間見も不可
2　伊勢物語初段　＊姉妹複数の垣間見　短編なので恋物語展開はない
3　伊勢物語二十三段　＊旧妻なので恋物語展開はない　演技の可能性
4　伊勢物語六十三段　＊相互に垣間見ている点が特徴　演技の可能性
5　うつほ物語俊蔭巻　＊琴（聴覚）によって俊蔭を誘引
6　落窪物語道頼の垣間見　＊最も原初的かつ典型的な垣間見
7　落窪物語継母の垣間見　＊監視用の穴がある
8　住吉物語嵯峨野の垣間見　＊戸外でのしかも美人比べを意図した垣間見
9　住吉物語袴着の垣間見　＊娘による父親垣間見
10　源氏物語空蟬巻　＊囲碁場面の垣間見
11　源氏物語夕顔巻　＊相互の垣間見
12　源氏物語若紫巻　＊紫の上に藤壺を幻視している
13　源氏物語野分巻　＊夕霧が六条院全体を紹介している

14　源氏物語若菜上巻　＊垣間見る側が二人になっている
15　源氏物語竹河巻　＊囲碁場面の垣間見
16　源氏物語橋姫巻　＊琴（聴覚）による薫誘引　姉妹未分化の垣間見
17　源氏物語椎本巻　＊姉妹比較の垣間見
18　源氏物語宿木巻　＊薫の長時間にわたる浮舟垣間見
19　源氏物語東屋巻　＊匂宮の自邸における浮舟垣間見
20　源氏物語浮舟巻　＊匂宮の宇治における浮舟垣間見

例えば『伊勢物語』二十三段では、未知の女性ではなく既知の女性（旧妻）であることに注目して、見られる側の演技や情報操作にまで踏み込んで読んでみました。空蟬と軒端の荻の垣間見では、見ている源氏の目にフィルター（偏見）がかかっており、視覚による正統な評価が行われていないことを問題提起してみました。夕顔巻では一方的な垣間見ではなく、源氏と夕顔の宿側が相互に覗きあっていることから、和歌の贈答の真相にまで迫ってみました。若紫巻における紫の上垣間見では、見ている源氏が実はそこにいない藤壺を幻視していることを論じてみました。野分巻では、夕霧の垣間見が紫の上との密通につながらないものであり、むしろ夕霧は六条院世界を紹介するレポーター役を務めていることを論じてみました。若菜上巻の蹴鞠《けまり》場面では、見ている柏木と夕霧の女三の宮についての印象が大きく異なっていることから、同じ情報でも受け取る側によって違いが生じることを確認してみました。そして薫の垣間見では、薫の芳香が常に漂っていることの意味を考えてみました。これこそは垣間見における嗅覚の役割を提起したものです。

末尾に収録している「あらは」「かうばし」は、従来の垣間見論ではまったく問題視されていなかったものですが、私の勘と経験によって選び取った垣間見のキーワードです。「あらは」は、本来は「あらは」では困るということで、警告として発せられる言葉と考えられていました。ところが皮肉なことに、その警告の声が見る側の耳に届くことによって、かえって垣間見の導入となっていることが判明したのです。「かうばし」は嗅覚であって、視覚的な垣間見と縁のある言葉には思えないかもしれません。しかし見る側に備わった「かうばし」さは、その香りに敏感であれば、見る側の存在に気づくことができるという機能を担わされていたのです。

本書はこのような私の独自な視点から、垣間見を総合的批判的に検証したものです。その結果、従来の垣間見論を大きく進展させることができたと自負しています。本書がみなさんの刺激となり、新しい物語世界の扉を開く一助となることを願っています。

なお本文中の図版は、別途記載がないかぎり著者所有のものです。

目次◎「垣間見」る源氏物語

紫式部の手法を解析する

第七章　夕霧の六条院「垣間見」

第八章　柏木の女三の宮「垣間見」

第九章　「垣間見」る薫

「垣間見《かいまみ》」る源氏物語

紫式部の手法を解析する

はじめに

物語の「垣間見」といえば、王朝の風俗から恋物語展開の方法として昇華された今井源衛氏の「古代小説創作上の一手法―垣間見に就いて―」（国語と国文学25―3・昭和23年3月）がすぐに想起される。私自身、今井氏の御論が評価され、既に通説となっていたことで、批判や検証なしに安易に受け入れ、そのまま援用してきた。ところが研究を続けているうちに、いくつかの気になる点が生じてきたのである。

まず垣間見という行為に対する現代人のとらえ方について、特に外国人留学生の異常な嫌悪が目に付いた。平安朝の文学では、当然ながらプラス評価されている垣間見であるが、外国人の目にはマイナス（犯罪的行為）に映るようである。このことは『源氏物語』の英訳にもかかわってくる。「垣間見」の英訳としては、ピーピングという単語が用いられているようである。これは「ピーピングトム」、すなわち日本で言う「出歯亀」にあたるものである。こう訳してしまっては、『源氏物語』の手法たる「垣間見」も台無しであろう。これを異文化体験と言ってしまえばそれまでなのであるが、では日本の歴史の中では評価の割れは存在していないのであろうか。

そこで垣間見を歴史的にとらえてみたところ、やはり平安朝の物語に用例が集中していることに気付かされる。古く上代文学を繙くと、もちろん垣間見という言葉は一切用いられておらず、恋物語の展開どころか、逆に「見るな」の禁忌（タブー）・習俗として考えられているようである。要するに「見てはいけない」という禁忌を守れず、見てしまうことで不幸な展開が予想されるわけである。外国文学、たとえばシャルル・ペローの童話『青髭《ひげ》』の妻殺しの話などは、むしろこれに近いのではないだろうか。従来の研究ではこれを踏まえて論が展開されていた。一見通底しているようであるが、しかしこれは平安朝の垣間見の手法とはかけ離れていると思われる。

また説話文学においては、見ることによって相手の正体を見破るという独自の展開になっており、これには「目の呪力」という信仰が前提となっているようである。その意味では上代文学における「見るな」のタブーにも通じるところがある。これにしても平安朝物語の垣間見とは、性質を大きく異にするものであろう。こうしてみると垣間見は一様ではなく、平安朝物語において独自の意味（方法）を担わされていることになる。

そこであらためて垣間見の用例を調べてみたところ、知名度の高い割には用例数はかなり少ないことがわかった。現在のところ上代文学には例がなく、平安朝の『竹取物語』が初出のようで、『源氏物語』ですらわずかに6例しか用いられていない。それにもかかわらず垣間見論が可能なのは、実は垣間見の用例を忠実に分析検討しているのではなく、用例とは無縁に「覗《のぞ》く」や「窺《うかが》う」「見る」をひっくるめて、垣間見の概念を構築（幻想）していたことがわかった。もちろん今井論も例外ではない。

そこで改めて垣間見の用例を再検討してみたところ、必ずしも恋物語展開の契機として機能していない例が意外に多いことに驚かされた。また興味深いことに、最も原初的かつ典型的な垣間見の例が不在であることもわかった。どうやら従来の垣間見論は、概念つまり「あらまほしき幻想」から出発していたのかもしれない。

ついでながら、垣間見論の嚆矢《こうし》は決して今井氏ではなく、明田米作氏の「源氏物語の垣間見」（日本及日本人・昭和2年10月）であったことも顕彰しておきたい。明田氏は『源氏物語』に存する垣間見場面十数箇所から、代表的なものとして野分巻における夕霧の紫の上垣間見と玉鬘・源氏垣間見、橋姫巻における薫の大君・中の君垣間見、若菜上巻における柏木・夕霧による女三の宮の垣間見、浮舟巻における匂宮の浮舟垣間見、空蝉巻における源氏の空蝉・軒端の荻垣間見、蜻蛉巻における薫の女一の宮垣間見、常夏巻における内大臣の近江の君垣間見を紹介されている。主要な場面はほぼ網羅されていると言ってよさそうである。

もちろん内容としては概説に近いレベルなので、方法論として提示されている今井氏の御功績とは較べようもないが、しかし嚆矢であるという事実だけは無視してはなるまい。また今井氏の後に、篠原義彦氏が「源氏物語に至る覗見の系譜」（文学語学68・昭和48年8月）を提示されていることにも言及しておきたい。篠原氏は対象を「覗き見」とすることで、垣間見より広い世界を論じておられるからである。その点で今井論への批判が十分可能なはずなのであるが、何故か今井論を一切引用されておらず、それが返す返す惜しまれてならない。篠原氏の今井論批判が注目されていれば、もっと早い時期に垣間見の検証が行われていたに違いないからである。もっとも、そうであれば私の論も不要だったかもしれないのだが。

さて、私の行った垣間見の再検討は、当然のことながら今井氏の御論から多大の恩恵を受けており、それをさらに発展させるために次のような提案を行っている。

1、垣間見には狭義と広義の二義が存している。用例を重んじる狭義では既に閉塞しているものの、広義には垣間見という用語も不要であり、また恋物語の展開の契機であるか否かも問題ではないので、まだ深化させる可能性が残っている。今後一層、視点論や語り論・絵画論などとの融合による展開が期待される。

2、従来のような見る側と見られる側という一方通行ではない垣間見の存在を明確にする。それはまた女性による男性の垣間見の検証とも関わるものである。そこから双方ののぞきっこ、あるいは見る側と見られる側の逆転現象、見られることによる評価、さらには見られる側の演技の可能性も浮上してくる。さらに演劇的効果も考えてみたい。

3、視覚のみならず聴覚の重要性をも再確認する。従来は垣間見と立ち聞き（垣間聞き）を区別していたが、それを同時並行・相互補完作用として考えるべきである。

4、同様に嗅覚についても重視する。垣間見における嗅覚は、見る側の存在証明として機能していることを立証する。

こういった点を具体的に本文に即して分析・考察していくことで、通説化されていた今井論への批判的挑戦を行うのみならず、平安朝の特殊な手法としての垣間見の可能性を切り開いていきたい。それは当然のことながら、今井論を安易に継承してきたこれまでの垣間見論への反省・警鐘でもあるが、徹底分析・再検討を通して垣間見論の有効性もさらに増加するに違いない。そうすることこそが、今井氏の学恩に報いることになるはずである。

付「かいまみ」の語義

1　辞書の説明

「垣間見」の再検討に際して、語義についてもきちんと再確認しておく必要がある。そこで改めて辞書の説明を参照してみた。最初に『古語大辞典』（角川書店）の「かいまみ」項を見たところ、次のように説明されていた。

「かいまみる」の名詞形。「かい」は、垣（かき）の転。「ま」は透き間。垣などの透き間から、こっそりのぞき見をすること。記紀に見える豊玉姫命と火遠理命《ほをりのみこと》に関する説話の中の鵜羽産屋《うのはのうぶや》の段に、その原形が既に見られ、元来は、女性の裸形を見て、その神性をあばくという、はるかな古代民族信仰に由来するとする説もある。平安時代の物語においては、ときに女性が、外を通りかかった貴公子の姿を几帳のかげから、そっとのぞく場合もあるが、多くは、宮廷の若公達が、王朝時代の習いとして、平素はほとんどその容姿をうかがうすべもなかった深窓の女性を、好機を利してひそかに盗み見ようとする場面を通じて、「見る者」と「見られる者」との複雑な心理を描き、物語構成上の最も主要な手法としてしばしば用いられる。「かいばみ」とも。

説明で用いられている「物語構成上の手法」あるいは「『見る者』と『見られる者』との複雑な心理」というのは、恐らく今井論に依拠した表現であろう。ここでは垣間からのぞき見ることが語源とされているが、上代に用例のないことには言及されず、「原形」として説明されている。次に『日本国語大辞典』（小学館）の「かいまむ」の語誌を見たところ、

上一段動詞「かいまみる」と四段動詞「かいまむ」の連用形は語形に差がなく、「かいまむ」に先行する「かいまみる」の確例を見出し難いところから、その先後は容易に決めがたい。しかし、例えば「こころみる」と「こころむ」の場合のように、上一段がまずあって、後に四段が成立してくる関係から類推して、「かいまみる」が早くに成立したと考えるべきか。

のごとく、文法的な活用の説明に終始していた。また「かいまみる」項の補注にも、

「垣間（かきま）」のイ音便化したものと「見る」との複合語とするのが優勢であるが、本来動詞であった「掻く」の連用形が接頭語化して音便化したものと「目」「見る」との複合語とする説もある。

と説明されていた。依然として「垣間」に拘泥していることがわかる。

これらの説明を参考にすると、「かいまみ」は「かきまみ」のイ音便化したものであり、動詞上一段活用の「かいまみる」がその原初的な形であったが、後に四段活用動詞の「かいまむ」となったと考えられているようである。加えて上一段活用も四段活用も、連用形はともに「かいまみ」であること、また連用形以外の上一段活用の活用形の事例が皆無ということである。それについて西村亨氏『新考王朝恋詞の研究』（おうふう・平成6年10月）の「かいまみ」には、「かいまみるの上一段の活用は比較的早く衰えたらしく、平安朝の用例ではかいまむという四段の活用に転じているし、さらにその音の変化したかいばむ、かいまみという名詞から再び動詞に転じたかいまみすなどが並行して用いられている。かいまみが垣間見を語原とするものでないことは、王朝の生活風俗の面からも考えられる」（52頁）と述べておられる。これを参考にして、もう少し詳しく検討してみたい。

2 「かいばみ」

そもそも「かいまみ」の原形は「かきまみ」とされているが、その一方に存する「かいばみ」については、ややないがしろにされてはいないだろうか。そもそも「かいまみ」の初出とされている『竹取物語』の例からして、

穴をくじり、かひばみ、まとひあへり。（新大系5頁）

のように「かひばみ」と表記されている。新大系の底本は天理本とあるが、参考までに脚注を見たところ、

古本「かいばみ」、秀本・武本・高本「かひばみ」、古活本・内本「かひまみ」、吉本「あるひは見」。

と記されており、古本は「かいばみ」であることがわかった。如何せん『竹取物語』には信頼できる古い写本がないので、どこまで遡ることができるのかわからないが、それにしても初出が「かいまみ」ではないことを強調しておきたい。

続く『伊勢物語』初段にしても、定家本諸本の多くは、

このおとこかいまみてけり（『伊勢物語校本と研究』桜楓社22頁）

となっているが、同じ定家本系の根源本第三系統（良経本）では「かいはみてけり」とあるし、広本系統では阿波文庫本・顕昭本ともに「かひはみてけり」となっている。

その他、平安朝の文学作品を一覧しても、「かいばみ」が主流を占めていることがわかる。参考までにその用例を羅列しておきたい。9例中『大和物語』以外の7例までもが「かいばみ」であるから、「かきまみ」よりも「かいばみ」を原型とすべきではないだろうか。それでもまだ説明に都合のいい

「垣間見」を支持し続けるのであろうか。

①この賭弓《のりゆみ》の御饗《みあるじ》にかいばみて後は、（おうふう版『うつほ物語』春日詣巻150頁）

②殿上の方にみそかにおはしまして、かいば見をし給へば、（同蔵開中巻538頁）

③少将、つくづくとかいば見臥したり。（新大系『落窪物語』巻一68頁）

④ある人の局に行きてかいば見して、またも見やするとて来たりつるなり。

（新編全集『枕草子』四七段108頁）

⑤さてかいまめば、（新編全集『大和物語』一四九段383頁）

⑥京より来たりける男のかいまみて見けるに、（同一五四段388頁）

⑦物の狭間よりかいばませたてまつらばや、（新編全集『栄花物語②』あさみどり巻156頁）

⑧中納言の君のしるべしてかいばませし日、（新編全集『夜の寝覚』巻四329頁）

⑨そなたの立ち聞きかいばみには、（新編全集『浜松中納言物語』巻四371頁）

なお⑨の「立ち聞きかいばみ」は、『更級日記』にも同様の例が認められる。

3　「かきまみ」

以上のように手近な辞書類などでは、「かいまみ」の原初形態として「かきまみ」を提示し、そのイ音便化したのが「かいまみ」であると説明しているものが多かった。それで問題ないようにも思えるが、しかしながら「かいまみ」あるいは「垣間見」という表記は『竹取物語』以前に見当たらず、その点に再考の余地がありそうである。また「垣間見」の用例もさほど多くはないことを押さえておきたい。

そもそも辞書類で最古の例として示しているのは『古事記』上巻の豊玉毘売命出産場面における、

　思奇其言、竊伺其方産者、化八尋和邇《やひろのわに》而、（新編全集『古事記』上巻134頁）

の訓である。これは火遠理命《ほをりのみこと》がわにの姿になった妻を垣間見るところである。『時代別国語大辞典上代編』（三省堂）では、「かきまみる（竊伺）」項において「竊伺」という漢字に「かきまみたまへば」という訓を施している（ただし新編全集では「ひそかにうかがへば」と訓んでいる）。同様に『日本書紀』神代紀下巻の出産場面における、

　而知天孫《あめみま》視其私屏、深懐慙恨、（新編全集『日本書紀①』179頁）

についても、「私記乙本」の訓として「視其私屏」を「加支末美太末布（かきまみたまふ）」と訓んでいる（新編全集も同様）。これを信じれば、「かいまみ」は古く『古事記』『日本書紀』から存したことになる。しかしながらその訓はあくまで「日本紀私記」のものであるから、実のところどこまで遡りうるのか、その点に不安が残る。実際、新編全集『日本書紀』では「ひそかにゆきてうかがひ」（正文）・

「みそこなはす」（第一）・「ひそかにうかがひ」（第三）などと訓んでいる。

要するに「日本紀私記」の訓を古い訓とすれば、原型は「垣間」見で説明できることになる。それを新しい訓と見れば、「かいまみ」は上代の文献には存在せず、『竹取物語』の「かいばみ」が初出例ということになる。伝本の問題は解決されないものの、「かいばみ」であれば必ずしも「垣間」見に固執しなくてもいいことになる。そこで本書では、「かいまみ」を中古語と仮定して考察を進めていきたい。

第一章　「垣間見」の総合分析

1　垣間見は「垣間」見か

垣間見の語義が「垣間」から「見」るというのであれば、必然的に屋外から室内を見ることに限定されるだろう。その〈狭義〉にあてはまる例として、確かに『伊勢物語』初段や『源氏物語』若紫巻・橋姫巻などがあげられる。ただしこれらの設定は、原則として全て都の外であり、平安京における典型的な寝殿造りの建物でもそれが可能かどうかは、もう少し検証する必要があろう（無理があるようにも思われる）。

また垣間見の用例から判断すると、必ずしも「垣間」から「見」るわけではない場合が多そうだ。そのことは既に本居宣長が「其は必ずしも垣の間ならねども、物の隙などより、竊《みそか》に見るを云り」（『古事記伝巻十七』）と述べている。たとえば垣間見の初出と考えられている『竹取物語』では、「垣間」ではなく「穴をくじり、かいば見」（新大系5頁）しようとしていた。垣間見用の「穴」の存在は、『うつほ物語』国譲上巻や『落窪物語』『和泉式部日記』

『大鏡』『このついで』などに認められる。むしろ「垣間」以上に一般的かと思われる。ただし『竹取物語』を含めて、「穴」からの覗きは禁忌を内包しているのか、不可能な場合も少なくない。

その他、「格子のはさま」や「御簾の隙」「屏風の隙」などの例も少なくない。また薫はしばしば「障子の穴」から垣間見ている（本書第三章）。『堤中納言物語』中の『貝合』に、「その姫君たちの、うちとけたまひたらむ、格子のはさまなどにて見せたまへ」（新編全集447頁）とあることからすれば、「格子のはさま」から垣間見ることは一般的だったことになる。この「格子のはさま」とは格子と御簾の間、あるいは一部開いている格子と柱のすき間から見ることのようである。それに対して「格子の隙」という類似表現もあるが、これは格子にある節穴などをさすようである。（吉海「平安朝の「格子」について―末摘花巻を中心に―」國學院雑誌108―6・平成19年6月）。

要するに〈広義〉の垣間見は、「垣間」以外から見る例も許容されているわけである。という以上に、垣間見の用例自体が少なく（『源氏物語』全6例）、しかも物語展開が認められない例がほとんどなので、厳密に用例を中心とした検討からは、すぐに論が閉塞してしまう恐れがある。だからこそ覗くや見る・窺《うかが》うにシフトして展開しているのであろう。

それを踏まえた上で、垣間見の構図をパターン化すると、

①外→内　②外→外　③内→内　④内→外

といった四パターンが想定されることになる。①は〈狭義〉として外から内を見ることで、もっとも一般的な例である。②の例としては、『住吉物語』における嵯峨野の小松引き場面があてはまる（古本にあったと仮定する）。空蟬巻や椎本巻の垣間見は③の内から内であるが、もちろん室内においても、それなりに外側から内側（奥）ということがありうる（姫君は奥にいる）。『住吉物語』の邂逅場面では、邸内の侍従が簀子にいる中将を垣間見ている。若菜下巻の蹴鞠場面も④であろう。薫の浮舟垣間見も最初は④であり、外から中に入ってくる浮舟を内部から垣間見ていた。ただし必ずしも静ではなく、動きのあるものだった。これは見る側の薫の方が邸の主人的存在ということで優位な立場にあり、浮舟がその仕掛けに飛び込んでくるのであるから、従来の垣間見とは構造が異なっていると言える。当然そういった用例は少ない。

2　恋物語展開の契機を超えて

このように〈広義〉の垣間見は四パターン認められるわけだが、もちろんその中に重要な垣間見とそうでないものが混在している。という以上に、たいして重要ではなさそうな垣間見の方が圧倒的に多い。そこで今井論では、広義の垣間見の中から、恋物語展開の契機となっている重要な例を抽出し、垣間見とその後の展開をセットにしてとらえることで、王朝の風俗から「古代小説創作上の一手法」へと昇華していると論じておられるわけである。それ以来、篠原論が提唱されてはいるものの、恋物語展開の契機たりえていない垣間見は、ほとんど顧みられなくなっているのではないだろうか。

しかしながら多くの垣間見は、むしろ恋物語展開の契機たりえていないものなのである。そうなると今井論は、垣間見という語を用いてはいるものの、実のところ狭義の垣間見論ともズレが生じていることになる。厳密に言えば、垣間見はターム（概念）として使用されているだけであって、実際には限定された覗き論・見る論を展開されていることになる。

もちろん従来の垣間見論において軽視されてきた例の中にも、別の意味で重要とされているものがある。たとえば野分巻における夕霧の垣間見は、紫の上との密通を予感させながらも、六条院の調和が優先される形で延引され、柏木による女三の宮密通事件へと変容させられた感がある。これなど恋物語的展開を重視した垣間見論では、後の展開を予感させるということで、なんとか用例の範疇に入れられてきた。その呪縛を打破して、視点論・語り論として再提起することも可能であろう。その場合は、身内である夕霧の目と心を通して、主観的あるいは間接的に人物の美を描写する方法ということになる。

また今井論の立場では、恋物語展開ということで、主人公格の男性が姫君を垣間見るとい

うパターンでほぼ統一されているようである。しかしながら重要度を除外すると、実際には男が女を垣間見る例を含めて、

1男↓女　2女↓男　3男↓男　4女↓女

の性差による四パターンがやはり想定される。もちろん1男↓女こそは男が女を見て所有するという基本を具現したものであるが、それを含めてこういった性差を考慮することもそれなりに意味があるのではないだろうか。それだけでなく、身分や年齢差などといった要素も看過できそうもない。例えば1男↓女であっても、相手が姫君でなく女房以下の身分であれば、必ずしも恋物語展開には結び付かないことになる。その好例として、末摘花巻における源氏の御達《ごたち》（老女房）垣間見があげられる。また薫や匂宮による浮舟垣間見の場合、最大の悩みは浮舟を姫君と見るか女房と見るかである。従来は浮舟を宇治八の宮の娘として、当然のように姫君として扱ってきたが、薫や匂宮は必ずしも浮舟を姫君とは認識しておらず、召人的処遇をしているからである。その点についても再考の余地がありそうだ。

なお今井氏は2女↓男について、何故か、

女が男をかいま見る例は、平安文学作品に現れた限りでは、むしろ例外といってよい程少数。（35頁）

と述べておられる。しかしながら、これはあくまで恋物語展開という前提からの発言であろ

う。姫君の場合は確かにその通りかもしれないが、女房クラスであれば必ずしもそうではないからである。という以上に、それが日常茶飯事であったために、かえって注目されなかっただけではないだろうか。そのことは三谷邦明氏もジェンダー論を踏まえて、

垣間見という課題を考察する時に忘却しやすいことだが、「〈見る〉男／〈見られる〉女」という物語文学の垣間見場面の構図の背後には、平安朝には、逆に、「〈見る〉女／〈見られる〉男」という、あまり注目されていない、隠れた日常的な構図が、その裏側にあることである。垣間見は、（小）柴垣や御簾・几帳などの〈隔て〉から、主として男性が覗き見する行為なのだが、覗き見される女性には、日常的に御簾の裏側や几帳のほころびなどから、男性を詳細に覗き見する、〈観察の自由〉があったのである。つまり、女性たちにとっては、例外はあるものの、〈見ること〉は、禁忌ではなかったのである。（265頁）

と解説しておられる。(1) 一例として浮舟の母中将の君のように、ほとんど苦労しないで匂宮と薫を別々に垣間見ている例もあげることができる。これなど語り手的な中将の君の目と心を通して、二人の優劣・比較が意図されているわけだが、この場合はそれだけでなく、母娘による浮舟物語展開の伏線的効果も考えられる。

若菜下巻の蹴鞠場面を含めて、多くの垣間見においても見る主体は女房であった。それは

必ずしも新鮮な垣間見というわけではないが、当時の貴族の生活では一日中近くに女房が仕えており、姫君でさえ女房の視線に曝《さら》されていることになる。だからこそ紫の上にしても、常時女房の目を気にして平静を装わなくてはならなかった。女房がどう見ているか、女房からどう思われているのかといったことは、配慮すべき要素だったようである。その意味からすると、なるほど女房には特別な垣間見などありえないことになる。

次に3男↓男や4女↓女は、同性ということで垣間見論では対象外とされてきたが、恋物語展開という枠をはずせば、3としては『うつほ物語』蔵開き中巻に、朱雀帝が仲忠を垣間見る場面が描かれている。4の例として『和泉式部日記』には、「「この人を見む」と穴をあけ騒ぐ」（新編全集149頁）といった用例が認められる。同様のことは『大鏡』右大臣師輔伝（安子・芳子）にも、「中隔の壁に穴を開けて、のぞかせたまひける」（新編全集149頁）とある。これらは妻争いの例である。また『落窪物語』の北の方は、垣間見用の穴から姫君を監視していたが、これは継子苛めの例である。

年齢については、やはり恋物語展開の方法であれば、恋愛不可能な年齢の女性については意外に無関心であった。唯一の例外は、若紫巻における北山の垣間見である。これも従来の垣間見論では見過ごされてきたようだが、源氏が見ている祖母尼君も紫の上も、共に恋愛可能な年齢から上下にはずれており、本来ならば即座に除外されるべき垣間見なのである（本書第六章)。しかしながらこの例は、ずっと後の葵巻で紫の上と結ばれることを前提として、むしろ垣間見論の有力な用例の一つに上げられている。これについては『住吉物語』も含めて、垣間見からの時間的隔たりをもっと考慮すべきではないだろうか。

3　垣間見の再検討

さて今井氏は垣間見の効果について、「「見る者」を見る興味と、「見られる者」を見る興味との二面から成っている」(34頁)と分類して論じておられる。これは重要なことであり、読者は必ずしも見る人の視線に同調しているだけでなく、見る人をも俯瞰する立場にいた。加えて見る側と見られる側については、それぞれ単数か複数かという問題も軽視できない。想定されるパターンは、

Ⅰ単↓単　Ⅱ単↓複　Ⅲ複↓単　Ⅳ複↓複

であろう。前述の女↓男の例など、Ⅲ複数でしかも女房の場合が多いようである。例えば須磨巻では大宮の女房達が「出でたまふほどを、人々のぞきて見たてまつる」(新編全集169頁)と、須磨退去する源氏の姿をのぞき見て評価しているし、玉鬘巻でも玉鬘の女房達が「ほのかなる大殿油に、御几帳の綻《ほころ》びよりはつかに見たてまつる」(129頁)と源氏を垣間見ている。若菜上巻では朱雀院の女房が「女房などは、のぞきて見きこえて、いとありがたくも見えたまふ

容貌《かたち》、用意かな。あなめでた」（25頁）と夕霧をのぞき見て称賛している。匂宮巻では賭弓の還饗に招かれた薫の芳香を「はつかにのぞく女房なども、「闇はあやなく心もとなきほどなれど、香にこそげに似たるものなかりけれ」とめであへり」（34頁）と、女房達が引歌を駆使して賛美している。これらの例は、女房の目を通して源氏や夕霧・薫の卓越した姿を描写する一種の方法として確立しているようである。その場合、見られる側はそれを十分意識して振る舞っているようである。

また『伊勢物語』初段の継承なのか、竹河巻や橋姫巻などのようにⅡ姉妹二人を同時に垣間見るというケースも少なくない。ただし、だからといって姉妹二人との恋物語が展開するというのではない。姉妹未分化の『伊勢物語』初段はともかく、薫は姉妹の中から大君を選択するからである。なお複数といっても多くの例は二人であるが、『住吉物語』では姉妹三人が一度に垣間見られている。もっとも三の君は妻（身内）なので、住吉の姫君との比較（美人較べ）が意図されているのであろう（中の君は三の君と同化）。姉妹以外では、若紫巻では祖母と孫、空蟬巻では継母と継子、蜻蛉巻では内親王と女房という取り合わせになっている。篠原義彦氏などは若紫巻の例を、「初冠における「いとなまめいたる女はらから」の極めて巧《こう》緻《ち》なるすりかえ」（『源氏物語の世界』近代文芸社189頁）ととらえておられる。それはすなわち「垣間見」の深化・変容でもあるが、むしろ「垣間見」が紫のゆかり構想へ「すり替え」られたと見ることもできるのではないだろうか。

こういった場合でも、若紫巻では少納言の乳母がいるし、橋姫巻も周囲に女房が侍っているが、それは人数に入っていない。蜻蛉巻の場合は宰相の君が薫の召人的存在ということで、無視できないのであろう。なお特殊な例として、複数が同性ではなく男女一組（混合ダブルス）である場合も想定できる。例えば紅葉賀巻で、源氏と源典侍が戯れているところを桐壺帝が垣間見る場面や、野分巻で源氏と玉鬘の戯れを夕霧が垣間見るところなどがそれである。これなども見る側に主体があるわけではないので、根本的に恋物語展開の方法とは決別している垣間見ということになる。『有明の別れ』において、「隠れ身の術」によって男女の交わりを見ることなどはその典型であろう。

反対に見る側が複数の例としては、『堤中納言物語』中の『虫めづる姫君』の垣間見における右馬佐と中将（友人同士）がその典型であろう。若菜下巻の女三の宮を垣間見る場面にしても、見たのは柏木だけでなく夕霧も一緒に見ている。しかしながら行動に出るのは柏木一人であって、夕霧は冷静に対処している。複数の場合は、どちらが主体なのかの見極めが必要かもしれない。

ところで若紫巻の紫の上垣間見の場合、源氏以外に乳母子の惟光も一緒に見ているように思われているが、見る側が主従の場合は対等な視線は想定しにくいようである。そのことは

『落窪物語』における道頼と帯刀の例が顕著であるし、『源氏物語』を引用している『夜の寝覚』における中納言と乳母子行頼の存在も共通している。同じく複数であっても、二人が対等か主従かでは大きな違いがある。

もう一つ重要なことは、垣間見る相手が旧知か未知かである。これも従来は看過・軽視されてきた問題ではないだろうか。そもそも『伊勢物語』二十三段「筒井筒」では、夫が旧妻を垣間見ているのであるから、垣間見の内実が大きく相違していることになる。つまりこの場合は失われかけた愛を回復する物語であって、一般的な恋物語展開ではないのである。

そう考えると空蝉の例もやや異質ということになろう。というのも、垣間見の前に源氏と一夜を共にしているのであるから、やはり純粋な意味での恋物語展開とはいいがたい（順序が逆）。しかも空蝉の場合、視覚的には明らかに軒端の荻が勝っているにもかかわらず、源氏は精神性を重視して空蝉を高く評価しているのであるから不毛な比較であり、逆に視覚の効果が稀薄になっていることになる。その意味では『伊勢物語』六十三段のつくも髪も同様であろう。こうしてみると『伊勢物語』の垣間見は、必ずしも原初的なものではなく、かなり変形した退廃的なものということになる（本書第三章）。というよりも理想的な垣間見の原形（代表例）は物語の中に見当たらないので、今井論はもともと概念として構築（幻視）されたものを前提にして立論されているようである。

4　見られる側の意識

また従来の垣間見論では、垣間見られる側は見られていることに気付かず、だからこそうちとけて自然に振る舞っているということが前提になっていた。見る側はまるで隠れ蓑を着ているかのように、自らの存在を極力相手に悟られないようにしていた。[2] 空蟬巻における源氏の「かくうちとけたる人のありさまかいま見などはまだしたまはざりつることなれば」(122頁)という感想は、まさにその路線からの物言いであろう。だからこそ見られる側が見ている人の存在に気付いた時、垣間見はただちに終了することになる。それが垣間見の一般的な中断法と考えられているのではないだろうか。

『住吉物語』の嵯峨野の垣間見など、住吉の姫君が見ている少将の存在に気づいており、まさにその好例であろう。前述の『虫めづる姫君』では大輔の君の警告を信用せず、けらをに覗きを確認させた後でようやく室内に隠れている。若紫巻では僧都の登場によって、「簾おろしつ」と視覚が遮られている。もっとも源氏はそのまま立ち聞いており、次に「立つ音すれば、帰りたまひぬ」(209頁)とあるように、僧都の言動(聴覚)によって「垣間見」が中断されている。橋姫巻の垣間見では、見られている側が薫の存在に気付くのではなく、「奥の方より、「人おはす」と告げきこゆる人やあらん、簾おろしてみな入りぬ」(140頁)と、誰かの知らせによって簾が下ろされることで、視覚的な「垣間見」が中断されている。反対に空蝉巻では、「久しう見たまはまほしきに、小君出でくる心地すればやをら出でたまひぬ」（122頁）とあって、源氏の願望とはうらはらに小君の動きが「垣間見」を中断させている。野分巻における夕霧も、「立てる所のあらはになれば、恐ろしうて立ち退《の》きぬ」（266頁）と自ら中断している。また蜻蛉巻で女一の宮を垣間見ていた薫は、下臈女房に発見されることで、「おのがさま見えんことも知らず、簀子《すのこ》よりただ来に来れば、ふと立ち去りて」（250頁）と「垣間見」を中断して立ち去っている。これなど長時間に亘る垣間見を回避するための便宜かもしれない（逆に薫の浮舟垣間見は、滑稽な程に長期化されている）。

また『貝合』では、垣間見ている少将が見られている姫君側の女童たちに歌を詠みかけ、翌日には州浜に添えて珍しい貝を提供しており、垣間見そのものが物語の中心になっている。そのため二日に亘っての半ば公認された垣間見となっている点が異例である。早朝から屏風のはさまにいる少将は、「昼は出づべきかたもなければ、すずろによく見暮して、夕霧に立ち隠れて、紛れ出でて」（新編全集452頁）と半日も滞在していた。これが現実だとすれば、トイレや食事などを含めて、かなり大変な垣間見だったことになる。この場合、少将は観音的な立場になっており、見る側はただ観劇するだけでなく、眼前の劇に参加することで物語が展開する仕組みになっている（体験型垣間見）。

見られている側だけでなく見る側にしても、いつ発見されるかわからない状況にあるわけなので、だからこそ緊張感が存するわけである。見られる側は覗かれないようにそれなりに用心していることが察せられる。ところが、見られる側が見られていることを意識して振舞っている例も存する。例えば『伊勢物語』六十三段のつくも髪の話では、老女と昔男の垣間見がそれぞれ描かれているが、どちらも垣間見られていることを承知の上で歌を詠じていた（本書第三章）。もちろんこの場合も両者は既知の間柄であった。

この例について三谷邦明氏は、

お互いに垣間見されていることを知っている、二つの場面を描いていることが、この章段の趣向なのである。既に、物語文学の主要なモチーフとなっていた垣間見を、擬《もど》き、パロディ化する時代が到来していたのである。

と分析しておられる（「源氏物語の〈語り〉と〈言説〉―〈垣間見〉の文学史あるいは混沌を増殖する言説分析の可能性―」『源氏物語の言説』（翰林書房）平成14年5月。）。これまでの垣間見論は、こういった用例を『源氏物語』に応用してこなかった。また事情は異なるが、『枕草子』四十七段で清少納言は藤原行成に垣間見られていることを知り、慌てて「几帳引きなほし隠」（新編全集108頁）れる場面がある。その折の清少納言の反応に関して今井氏は、「さだ過ぎた女の芝居がかった嬌態《きょうたい》を見せつけられる」（34頁）とその演技性を分析しておられる。

スター的存在である源氏など生来見られる立場にあるのだから、むしろ見られること、注目されることに馴れており、常に見られていることを意識して振る舞っているといってもおかしくあるまい。例えば帚木巻の方違えにおける紀伊守邸では、源氏と朝顔斎院との噂話がささやかれており、それを立ち聞いた源氏はある種の愉悦をすら感じているようである。夕顔巻における夕顔の宿の透影における宮仕え人の設定、あるいは若紫巻における僧都の話などもその例に加えてよかろう。夕顔の場合、牛車の中の源氏は夕顔の宿の透影から覗かれていることを承知の上で、逆に興味を抱いて覗き返していた（本書第五章）。

こういった例はもちろん源氏賞賛の方法の一つと考えられる。その他、公的な行事ということでも、紅葉賀巻の青海波や葵巻の斎院御禊などがあげられる。匂宮や薫にしても、椎本巻では覗かれる対象となっている。そうなると他の垣間見についても、必ずしも一方通行ではなく、見られる側の自然な演技（ポーズ）ということを考慮した方がいいのではないだろうか。(3)ここではその可能性を示唆しておきたい。

5　聴覚と嗅覚

従来の垣間見では、その字面に引きずられて視覚重視が続いていた。ところが人間には視覚と同時に聴覚や嗅覚も働いている。そのため聴覚に関しても、垣間見前後の機能だけは認められていた。橋姫巻の薫や『住吉物語』の少将のように、垣間見の前に楽器の音が聞こえてくれれば、それを手がかりにして姫君の居所がわかるので、聴覚は垣間見へと導くシグナルとしての機能を有していることになる。同様に帚木巻の源氏は、小君と空蝉の会話によって空蝉の居場所を知っている。特に琴の音は、それを弾く姫君の存在証明であった。つまり聞くから見るへ巧みに移行しているわけである。その意味で音楽は垣間見を促す重要な要素ということができる（カーナビ的機能）。蜻蛉巻においては、わざわざ「声聞くにぞ、この心ざしの人とは知りぬる」（249頁）とあり、薫は顔ではなく声を聞いて、それが小宰相の君であることを察知しているのであるから、ここでは間違いなく小宰相の君の声が薫に届いていることになる。また末摘花巻で老女房を垣間見ている源氏は視覚のみならず、

「あはれ、さも寒き年かな。寿《いのちなが》ければ、かかる世にも遭ふものなりけり」とて、うち泣くもあり。「故宮おはしまし世を、などてからしと思ひけむ。かく頼みなくても過ぐるものなりけり」とて、飛び立ちぬべくふるふもあり。さまざま人わろきことどもを愁へあへるを、聞きたまふもかたはらいたければ、たちのきて、（新編全集290頁）

と、間違いなく女房達の生活苦を嘆く会話を聞いていた。

たとえ垣間見が発覚して、御簾が下ろされたり灯火が消されたりしたとしても、音声まで遮断することはできないので、『落窪物語』の場合など、視覚による「垣間見」が閉ざされた後、少将は闇の中から聞こえてくる姫君とあこきの対話を聞いており、「垣間見」と「立ち聞き」が明確に区別されている例もある。また若紫巻では簾が下ろされた後で源氏は僧都の声を聞いており、その点はいかにも『落窪物語』と類似しているようにも見える。要するに聞くことから見ること、あるいは見ることから聞くことへの移動が行われているわけである。

しかしそういった視覚と聴覚の使い分けではなく、もっと踏み込んでみると、実は垣間見ている最中に、会話や詠歌も聞こえていることがわかる。『更級日記』には宮仕えの経験を「たちきき、かいまみむ人のけはひ」（新大系407頁）云々と回顧している。この垣間見と立ち聞きも同時並行可能なものではないだろうか。そのことは藤井貞和氏も、

うち解けた女の姿を覗く男の視線は侵犯以外の何者でもないが、同時に立ち聞きでもあって、聴くという言語のレベルでのやはり侵犯である。

（「立ち聞き」『源氏物語事典』学燈社・平成元年5月）

と述べておられる（「立ち聞き」の用例は全三例と意外に少ない）。特に空蝉の場合、垣間見に先行して立ち聞きによって逢瀬が成就しており、情報収集という点で聴覚は、むしろ視覚を補う有

力な手段であるといえる。しかしながら垣間見場面における尼君と女房の贈答歌が源氏に聞こえていなければ、その後の源氏の歌に、女房の歌に用いられていた「初草」が詠み込まれることはかえって不自然になる。見る側は視覚的に見るだけでなく、声を聞きまた詠じられた歌を聞くことによって、総合的に相手を判断しているのである。それがどこまで見ている側に聞こえているかも問題だが、少なくとも読者にはかなりクリアーに聞こえていると言える。これを敷衍すれば、読者は見る人の目や耳を通して情報を共有しているというのではなく、見ている人以上の情報を得ていることになる。それこそが方法としての垣間見ではないだろうか。

　もう一つの感覚である嗅覚も、意外に看過できない要素であった。これも聴覚と同様に存在を証明するシグナルであるが、聴覚とは反対に見る側の存在証明として機能していることが多い。垣間見において、見る側が見られる側の匂いに引き寄せられる例はほとんど見当たらない。そうではなく、見られる側の嗅覚が発達していれば、たとえ相手が視覚に入らなくても、誰か高貴な人が近くにいることを察知できるからである。特に薫の場合、

　香のかうばしさぞ、この世の匂ひならず、あやしきまで、うちふるまひたまへるあたり、遠く隔たるほどの追風も、まことに百歩の外も薫りぬべき心地しける。〈中略〉うち忍び

立ち寄らむ物の隈もしるきほのめきの隠れあるまじきにうるさがりて、（匂宮巻27頁）

とやや滑稽なまでに芳香の強烈さが描かれていた。それを踏まえて橋姫巻の垣間見にしても、八の宮の姉妹は後で匂いに敏感でなかったことを、

あやしく、かうばしく匂ふ風の吹きつるを、思ひがけぬほどなれば、おどろかざりける心おそさよ。（橋姫巻141頁）

と反省している。つまり薫は生まれつき体からいい匂いを発しているのだから、その匂いによって近くに薫がいることに気付くべきだったというわけである。同様のことは浮舟一行の女房たちにも当てはまる。

あなかうばしや。いみじき香の香こそすれ。尼君のたきたまふにやあらむ。（宿木巻490頁）

これは薫が垣間見ていることでやはり周辺にいい匂いが漂い、それに気付いた浮舟の女房が、弁の尼の焚く空薫き物と誤解している場面である。ここではせっかく匂いに気づいてい

ながら、薫の匂いと弁の空薫き物を嗅ぎ分けられない女房の嗅覚能力の低さがポイントになっている。また雲居の雁の女房達のおしゃべりを、内大臣に立ち聞かれた場面も、

いとかうばしき香のうちそよめき出でつるは、冠者の君のおはしましつるとこそ思ひつれ。あなむくつけや。（少女巻39頁）

という女房の反省が記されている。(4) これも内大臣と夕霧の違いを嗅ぎ分けられない例である。こういった嗅覚を示すキーワードとして、「かうばし」をあげておきたい。この語が用いられた時には、必ずといっていいほど垣間見が進行しているからである（本書第十二章）。

6　垣間見は偶然か必然か

平安朝における生活様式からして、未婚の男女が簡単に出逢える場所は認められない。源氏と葵の上のような政略結婚では時めきもないので、恋物語の展開は望めそうにない。まして豪壮な寝殿造りの邸宅では、前述のように外部からの垣間見など不可能であろう。『竹取物語』の例がそのことを物語っているとも言える。

そうなると男女の出逢いとして、『うつほ物語』の若小君と俊蔭娘のように、郊外においい

て偶然に垣間見る（出逢う）というパターンが設定（虚構）されるのもやむをえまい。そこでも琴の音が男を引き寄せていた。あるいは男側が姫君側の女房を味方にして、その手引きで室内から垣間見るという設定も想定される。それにしたところで、当の姫君は自ら進んで見られることを望んでいるわけではない。普通の生活では、教養ある姫君は「あらは」であることに極めて敏感であり、たとえ格子が上げられていたとしても、御簾や几帳や扇によって油断なく外部からの視線に気を配っているからである。宇治の大君も薫に垣間見られていることを知らずに、

また、ゐざり出でて、「かの障子はあらはにもこそあれ」と見おこせたまへる用意、うちとけたらぬさまして、よしあらんとおぼゆ。（椎本巻218頁）

と用心している。また薫が浮舟一行を垣間見ることができたのは、

この寝殿はまだあらはにて、簾もかけず、下ろし籠めたる中の二間に立て隔てたる障子の穴よりのぞきたまふ。（宿木巻488頁）

と、新築直後で簾もかかっていなかったからである。その意味で逆説的な「あらは」も垣間見のキーワードの一つと考えたい（本書第十一章）。

その上で垣間見を可能にするには、特別な設定が必要となる。たとえば姫君側のちょっとした油断とか、側近の女房の裏切りとか、あるいは方違えや年中行事などの非日常的な要素の付与といったことが、垣間見を可能にする要件として求められる。もっとも『伊勢物語』初段の垣間見は、そういった細かな設定は問題ではなく、時間帯も距離も一切提示されていない。まして会話の有無も問われておらず、非常に大雑把な垣間見になっている。

さすがに『源氏物語』では、そういった雑な垣間見は許されない。そうなると偶然か必然（計画的）かも押さえておく必要があろう。『うつほ物語』俊蔭巻における若小君と俊蔭女の場合など、賀茂詣での行きは偶然であるが、帰りは意図的であろう。『源氏物語』の多くの垣間見は偶然のようであるが、小君を利用した空蝉巻の垣間見は、紀伊守が任国へ下向した隙をねらって、「よき折にこそはありけれ。行きてたばかれ」（新大系18頁）と計画的犯行であった。『落窪物語』では北の方一行が石山寺詣でに出かけている留守中を狙っているし、『住吉物語』の嵯峨野の垣間見は先回りして待ち伏せしているのであるから、これらは間違いなく計画的な垣間見ということになる。

なお重要な垣間見ではないが、夕顔の乳母子右近が長谷寺で玉鬘一行と出会う場面は、長谷寺の霊験譚的な要素も含まれている（神のお導き）。たまたま玉鬘と右近が同宿し、軟障《ぜじやう》（幔幕）を隔てて同室となったことで、垣間見のお膳立ては整うわけだが、これはあくまで不特定の垣間見であった。(5)

豊後介のしゃべる言葉を聞いて右近は、「物のはさまよりのぞけば、この男の顔見し心地す」（玉鬘巻106頁）とさらに興味を抱く。続いて「三条、ここに召すと、呼び寄する女を見れば、また見し人なり」（同頁）と、豊後介の呼んだ「三条」から過去の記憶が呼び覚まされる。こうして右近は玉鬘と邂逅するわけだが、これなど偶然の体裁でありながら実は仕組まれた垣間見であろう。

7　照明の仕掛け

目でとらえるということでは、必然的に照明（光）が必要となる。白昼堂々の垣間見は、『うつほ物語』俊蔭巻の例や『住吉物語』における嵯峨野の例もあるが、決してそれほど多くはない。それは回りが明るければ目立たないし、見られる側も用心するからであり、また見る側も発見される確率が高いからである。『住吉物語』などはむしろ発見されることを前提として、その後の和歌の贈答を描く意図さえ看取される。野分巻の垣間見は、野分という非日常的な現象に気を取られることで、普段なら決してできそうもない垣間見を可能にしている例である。

もちろん六条院における夕霧の位置付け（源氏の息子であること）も看過できない。そもそも身内の垣間見であるから、最初から異質な設定なのである。紫の上や玉鬘はともかく、妹の明石姫君の垣間見など、恋愛への発展はまったく不可能であるから、その点にも留意すべきであろう。玉鬘の場合にしても、単に玉鬘一人を垣間見ているのではなく、前述のように源氏と玉鬘の痴態を見ているのであるから、これにしたところで一般的な垣間見とはかなりかけ離れていることになる。もともと夕霧以外に源氏の六条院を垣間見ることのできる人物など存在するはずもなかろう。

ところで垣間見に都合のいい時間帯として、若紫巻では黄昏時《たそがれ》（薄暮）を設定し、また霞による自然のベールまで活用している。この場合、両者の距離がどれくらいかは想像の域を出ないものの、見る側の源氏が発見されにくい設定である一方、源氏の目にも紫の上の姿は明白には見えない恨みが残る（ただし読者は源氏以上にはっきりと見えているはずである）。それがゆかしさを誘い、一層美しい理想像（幻想）を創り出す効果をもたらしているとも言える。『夜の寝覚』も同様であるが、こちらは単に「月明き夜」（新編全集27頁）であった。(6)『伊勢物語』二十三段にしても、『古今集』九九四番歌の左注には「月の面白かりける夜」（新大系298頁）とあるし、『大和物語』一四九段でも「月のいといみじうおもしろきに」（新編全集382頁）とあるので、月影の例に加えてよかろう。

最も多い垣間見の設定は、やはり夜であろう。この場合、橋姫巻のように月の存在が大きい（月影の美）。闇の中では自分が発見されにくいだけでなく、相手も見えないからである。というよりも、月明かりがなければ垣間見はできないはずである。しかも月光の差し込むところでなければならない。人工的な松明《たいまつ》（篝火）では、すぐに気付かれるだろう。そのため自然光である月が照っていること、その月を見るために姫君が奥から端近なところに出てきていること、が必須の条件である。月が見えるということは、見ている人は月光に照らされているということになる。その月が俄に雲隠れしたり顕れたりすることで、視覚は大きく左右される。それが逆に月影の効果をあげているのである。

月見以外では、意外に囲碁という設定が多い。囲碁の場合、対局であるから必然的に二人が必要になる。また盤面を見る必要上、近くに灯火を置かざるをえない（火影《ほかげ》の美）。その灯火は、本来の目的である盤面の照明のみならず、対局する二人の顔をも照らすのであった（スポットライト）。加えて囲碁の勝負に熱中することで、外部に対する注意力が散漫になるので、見る側にとっては好都合であろう。空蝉巻の垣間見では、囲碁に興じる空蝉と軒端の荻の声や態度が克明に描写されている。『うつほ物語』国譲巻にも、かつて実忠があて宮と女一の宮の対局を見たことが回想されている（本書第四章）。これが空蝉巻の下敷きになっているのであろうか。同時に二人の女性を垣間見る場合は、必然的に美人較べの要素も盛り込まれることになる。

もちろん昼間の囲碁でも構わない。竹河巻の玉鬘の姉妹による対局は、夕霧の息子である蔵人少将に垣間見られている。囲碁以外の設定として、たとえば『落窪物語』や浮舟巻では灯火を必要とする縫い物シーンも設定されている。縫い物という行為によって光が要請され、その光に女性達も照らされることになる。しかもそこには打ち解けた女性の姿がさらされていると信じられているようである。

以上のように、垣間見における照明の仕掛けについても留意する必要がありそうである。

8　心象の垣間見

最後に視覚が優先されない極端な例を考えてみたい。その一つは空蟬の垣間見である。ここでは囲碁を通して継子である軒端の荻との比較が行われるわけだが、視覚的な容姿においては「わろきによれる容貌」とあるように、明らかに空蟬が劣勢であった（軒端の荻を「まされる人」としている）。それにもかかわらず源氏は、

目すこしはれたる心地して、鼻などもあざやかなるところなうねびれて、にほはしきと

ころも見えず、言ひ立つればわろきによれる容貌を、いといたうもてつけて、このまされる人よりは心あらむと目とどめつべきさましたり。（空蝉巻121頁）

と既知の情報をもとにして、空蝉の不器量さではなく内面的な見えざる「心」（嗜み）に惹かれている。どうやら勝敗は垣間見る以前から決まっていたのではないだろうか。要するに垣間見による視覚的な情報は稀薄化し、絶対条件にはなっていないのだ。『源氏物語』の最初の垣間見からして、既に垣間見の呪力の弱体化がかなり進行していたことになる。

二つ目は紫の上の垣間見である。この場合、もともと十ばかりの紫の上では、恋物語展開の契機たりえないのであるが、それ以上に源氏は、眼前の紫の上を直視しているのではなく、

ねびゆかむさまゆかしき人かな、と目とまりたまふ。さるは、限りなう心を尽くしきこゆる人にいとよう似たてまつれるがまもらるるなりけり、と思ふにも涙ぞ落つる。（若紫巻207頁）

とあるように、そこに見えざる理想の女性藤壺の面影を幻視しているのである。後に藤壺と

紫の上は叔母・姪であることがわかるが、ここには〈紫のゆかり〉という大きな構想が重なることで、従来の垣間見論では分析できなくなっているようである。

三つ目は浮舟の例である。これも紫の上と同様で、薫は浮舟の中に亡き大君を幻視していた。薫の目に映る浮舟は、

まことにいとよしあるまみのほど、髪ざしのわたり、かれをも、くはしくつくづくとしも見たまはざりし御顔なれど、これを見るにつけて、ただそれと思ひ出でらるるに、例の、涙落ちぬ。（宿木巻493頁）

と、大君と生き写しであった（ただし薫は大君の顔をよく見知っているわけではない）。必然的に中の君とも「宮の御方にもいとよく似たり」（同頁）とあるが、浮舟を垣間見た匂宮は、中の君との類似をほとんど気にしていない。ただし中の君は生存しているので、匂宮と薫では事情が異なっている。要するにこれは浮舟自身の問題ではなく、見ている薫の側が〈宇治のゆかり〉を求めているからであろう。

この三例は、明らかに垣間見の有効性が稀薄になっており、特に紫の上と浮舟の例は、ゆかりの構想と重なることで、従来の垣間見からは逸脱したものとなっていると言えそうであ

る。こういった例の分析も急務ではないだろうか。

まとめ

本論では、垣間見の重要性を前提としつつ、今井論を再検討することによって、新たな垣間見論の可能性を模索してみた。そのためにあえてさまざまな垣間見のパターンを想定しながら、自明とされてきた垣間見が引きずっている諸問題を再提起してみた。『源氏物語』を中心とした平安朝の物語では、垣間見を多用することで、見る側と見られる側の緊張関係を設定し、見る側の目に読者を同化することで、そこに読者参加型の劇場を虚構・幻視させる装置とし、それによって臨場感溢れる物語描写に成功したと言えよう。

実際の垣間見では、対象や音声をクリアーにとらえることは至難の業であろうが、物語においては容易に読者に情報を提供する仕掛けになっている。しかも垣間見ている人物の目や耳を通しているにもかかわらず、垣間見ている人物以上に読者の方が豊富かつ確かな情報を入手している場合も少なくない。それこそが垣間見の手法たる所以と言えよう。垣間見場面では、視覚のみならず聴覚や嗅覚にも注目することで、より豊穣な物語世界を読み取れるのではないだろうか。

もちろん垣間見は単純ではなく、『伊勢物語』で既に原初的な垣間見から大きく逸脱していたのであるから、まして『源氏物語』もかなり変形・深化していると言える。従来の観念ではまだ認められていないが、見られている側がそれを意識し、演技によって見ている側に意図的に情報操作を行うことも可能だということである。反対に見る側の目が偏向している場合もある。空蝉の場合、視覚よりも源氏の心象が優先されており、垣間見の有効性が稀薄になっている。紫の上や浮舟の場合、ゆかりの構想と重なることで、源氏や薫は眼前の女性の中に藤壺や大君を幻視しているので、一般的な垣間見論では分析できないことを明記しておきたい。

以上のようなことを前提として、今後の垣間見論は進められるべきであろう。

第二章　「垣間見」の始原探求

1　「垣間見」再考

従来の垣間見論では、「垣間見（かいばみ）」の用例を有する『竹取物語』や『伊勢物語』が、古い例としてしばしば引用されてきた（それ以前に用例なし）。しかしながら『竹取物語』は結婚拒否が前提なので、最初から閉ざされた垣間見であり、「穴」の存在や垣間見の禁忌性は評価されるものの、物語の方法たりえているとは言いがたい。『伊勢物語』の三つの垣間見にしても、初段は後の展開が閉ざされているし、二十三段は元の妻を夫が垣間見るという展開（夫婦間の垣間見）、六十三段も同様に旧知の男女の新鮮味のない垣間見であり、少なくとも恋物語展開の契機として機能しているとは認めがたい。

見る側の意識にしても、『竹取物語』は最初から垣間見による恋物語展開を拒否しているのであるから、見る側を書く以外に書きようはあるまい。『伊勢物語』初段にしても、昔男にだけ筆を費やしているのは、何も垣間見故ではなく、『伊勢物語』という作品総体の書き方なのではないだろうか。もちろん初段における姉妹を垣間見るという形だけは、後の『源氏物語』などに多きな影響を与えている。また二十三段や六十三段は、聴覚の重要性を論じる際の貴重な資料と思われるが、それにしても方法的な垣間見としては明らかに不適切・不完全であった（本書第三章）。

では垣間見に必要な要素―未知の女性であること、見る男性と見られる女性が後に結ばれること―を完備しているものとして、『源氏物語』以前にどんな例があるのだろうか。その条件に叶うものとして、『うつほ物語』俊蔭巻・『落窪物語』・『住吉物語』の三つを考えてみたい。

2　『うつほ物語』の垣間見

まず『うつほ物語』は、若小君（後の兼雅）が賀茂詣での途中で、零落した俊蔭の娘を偶然垣間見ている。行きには尾花の招きに応じるように立ち寄り、また帰途にも再度薄の招きに応じて垣間見ている。

東面の格子一間上げて、琴をみそかに弾く人あり。立ち寄り給へば、入りぬ。「飽かなくにまだきも月の」などのたまひて、簀子の端に居給ひて、「かかる住まひし給ふは、

誰ぞ。名告りし給へ」などのたまへど、いらへもせず。（おうふう版25頁）

ここには『伊勢物語』二十三段のバリエーションたる『古今集』の左注と同様に、小道具としての「月」と「琴」が認められる。ただし「琴をみそかに弾く人あり」は聴覚というよりも視覚（絵解？）あるいは語りであり、ここでは垣間見への導入の小道具として用いられていることになる。また若小君は立ち寄った途端に相手に気付かれているので、こっそりのぞくというセオリーからすれば、これを垣間見の原形とは認定できないかもしれない。第一、垣間見の面白さは一切感じられない。

気付かれた若小君はと言えば、積極的に簀子に居座り、俊蔭の娘に声をかけている。その努力の甲斐あってか二人の会話が成立し、

前なる琴を、いとほのかに掻き鳴らして居たれば、この君、「いとあやしくめでたし」と聞き居給へり。夜一夜物語して、いかがありけむ、そこにとどまり給ひぬ。（同27頁）

と、俊蔭の娘は若小君の前で恥じらうこともなく琴を弾き、そして二人は簡単に結ばれている（「いかがありけむ」は草子地）。この展開は垣間見のみならず、その後の懐妊を含めてかなり安

易ではないだろうか。後に二人の仲は引き裂かれることになるので、むしろその後の再会の方が本当の見せ場になっていると考えられる。

なお、おうふう版の頭注に、

後の、四三頁の、若小君と俊蔭の娘の再会の場面の切っかけも同じだが、俊蔭の娘の弾く琴のすばらしさが理解できることで、若小君が、俊蔭の娘の夫となる資格を持つことになる。（同頁）

とあり、琴の音の重要性が指摘されている。それはその通りなのだが、しかし若小君の音楽的な判別能力は、単に琴の上手下手を理解する程度でしかなく、必ずしもすばらしい音楽的な耳を有しているとは思えないのだが、いかがであろうか。

こうなると俊蔭巻の垣間見は、垣間見の諸条件は整っているものの、必ずしも垣間見に大きなウエイトは置かれていないことになる。まだ方法としての垣間見は確立していないことになる。これに近い例として、琴は登場しないけれども『大和物語』一七三段をあげることができる。

歩み入りて見れば、階の間に梅いとをかしう咲きたり。鶯も鳴く。人ありとも見えぬ御簾のうちより、薄色の衣、濃き衣、うへに着て、たけだちいとよきほどなる人の、髪、

たけばかりならむと見ゆるが、

よもぎ生ひて荒れたる宿をうぐひすの人来と鳴くやたれとか待たむ

とひとりごつ。少将、

来たれどもいひしなれねばうぐひすの君に告げよと教へてぞ鳴く

と、声をかしうていへば、女おどろきて、人もなしと思ひつるに、物しきさまを見えぬることと思ひて、ものもいはずなりぬ。男、縁にのぼりてゐぬ。（新編全集418頁）

男主人公の少将は、偶然に荒れ果てた邸に住む女を垣間見ている。そこで女の独詠歌を聞いた少将は即座に返歌をしており、それが相手に聞こえることによって、垣間見は中断されてしまう。これも聴覚を伴う垣間見であることがわかる。ただし垣間見られた女は、俊蔭の娘同様に逃げ隠れせず、すぐに少将と会話しており、そこから少将が「やをらすべり入」ることで二人はいとも簡単に結ばれている（むしろ男の来訪を心待ちしていた？）。これもかなり安易な展開ではないだろうか。という以上に、これこそが平安朝における恋物語展開の契機たる垣間見の威力（呪縛）なのであろう。

ある。

3 『落窪物語』の垣間見（一）

続いて『落窪物語』の例であるが、これは垣間見の例としてはかなり重要度が高いようである。

君見たまへば、消えぬべく火ともしたり。几帳、屏風ことになければよく見ゆ。向かひゐたるはあこきなめりと見ゆる。やうだい、かしらつきをかしげにて、白ききぬ、上につややかなるかいねりのあこめ着たり。添ひ臥したる人あり。君なるべし。白ききぬのなえたると見ゆる着て、かいねりのはりわたなるべし、腰より下に引きかけてそばみてあれば、顔は見えず。かしらつき、髪のかかりば、いとをかしげなり、と見るほどに火消えぬ。くちをしと思ほしけれど、つひには、とおぼしなす。（新大系23頁）

この垣間見は、俊蔭巻と同様に寺社への参詣を契機にしている。しかしながら『落窪物語』では、継母一行が石山詣でに出かけた隙をねらって計画されている点が相違している。また『うつほ物語』では全くの偶然に俊蔭の娘を発見するわけだが、『落窪物語』では偶然ではなく意識的である分、どうしても帯刀という第三者の手引きを必要としている。ここで面白いのは、俊蔭巻では若小君と俊蔭の娘の二人だけだったのに対して、『落窪物語』では見る側が少将と帯刀、見られる側が姫君とあこきという二組のカップルで構成されていることである。しかも手引きする側の帯刀とあこきは既に結ばれており、この仕組まれた垣間見によって少将と姫君は結ばれるのであるから、まさに従者の都合が主人を誘導していると見ることもできる。

ところで少将は帯刀の手引きによって、「格子のはさま」からのぞいているが、その垣間見にはさまざまなお膳立てが施されていた。まず「消えぬべく火ともしたり」と、灯火が用意されている。少将はこの火影によって姫君を見ることができるのである。しかも今にも消えそうな火であることで、垣間見の効果を高めている。

また普通であれば、基本的な几帳や屏風といった生活調度品で視線が遮られるのであるが、姫君は継子虐めによって経済的に不如意な生活を強いられているため、かえって見通しがよく、垣間見には好都合となっている。見る順番はあこきから姫君となっており、また着ている着物の描写にまで及んでいる。しかも「顔は見えず」と、あえて姫君の顔を見せないことで、少将の好奇心を一層あおっている。

続いて前の「消えぬべく火ともしたり」に呼応するように、垣間見の途中で火が消える。これも継子虐めのために十分な油が与えられていないためであろうが、飽き足らない垣間見となることで、やはりプラスの効果をあげている。これで少将は視覚を閉ざされるわけだが、しかしながら少将の垣間見はそこで終わらず、ここからは聴覚による「立ち聞き」へと移行している。

「あな暗のわざや。人ありと言ひつるを、早、いね」と言ふ声もいみじくあてはかなり。「人にあひにまかりぬるうちに、おまへに候はん。おほかたに人なければ、おそろしくおはしまさん物ぞ」と言へば、「なほ早。おそろしくは目馴れたれば」と言ふ。(23頁)

少将は、闇の中から聞こえてくる姫君とあこきの会話をはっきりと聞いているのである。直前の垣間見では一切音声がなく、まさに視覚のみの垣間見であった。それに続いて視覚の閉ざされた立ち聞きが展開しているのであるが、この場合は垣間見と立ち聞きがきちんと使い分けられていることになる(役割分担)。

その後、少将は一人で琴を弾きながら歌を詠じる姫君のもとに忍び込むことで、二人はすぐに(無理矢理)結ばれることになる。この展開は俊蔭巻と同様に安易であり、またその後に引き裂かれるところまで一致している。そういった類似はさておき、垣間見ということでは『落窪物語』の例は申し分ないようである。つまり原形・典型としての要素を十分兼ね備えていることになる。

4 『落窪物語』の垣間見（二）

もう一つ、『落窪物語』には看過できない垣間見がある。それは継母が落窪姫君と少将の仲睦まじい様子を垣間見る場面である。

北方、縫はで寝やしぬらんとてうしろめたうて、寝しづまる心ちに、例のかい間見の穴より覗けば、少納言はなし。こなたに木丁立てたれど、そばの方より見入るれば、女、こなたの方にうしろを向けて持たるものをおる。向かひてひかへたるおとこあり。なまねぶたかりつる目も覚め、おどろきて見れば、白きうちきのいときよげなる、かいねりのいとつややかなる一重ね、山吹なる、またきぬのあるは女の裳着たるやうに腰より下に引きかけたり。火のいと明かき火影に、いと見まほしうきよげにあい行づきをかしげなり。またなく思ひいたはる蔵人少将よりもまさりていときよげなれば、心まどひぬ。おとこしたるけしきは見れど、よろしき物にやあらむとこそ思ひつれ、さらにこれはただものにはあらず。かくばかり添ひゐて女女しくもろともにするはおぼろけの心ざしにはあらじ、いといみじきわざかな。よくなりて次第にはかなふまじきなめり、など思ふ

に、もの縫ひのこともおぼえず、ねたうて、なをしばし立てれば、（新大系79頁）

まず注意すべきは、「例のかい間見の穴」が設定されていることである。ここに「例の」とあるが、これ以前に「穴」の存在は一切語られていない。むしろ「例はさしも覗きたまはぬ北方」（54頁）と否定的であった。ただし縫い物を依頼する際、

暗うなりぬれば、格子下ろさせて、灯台に火ともさせて、いかで縫ひいでんと思ふ程に、北の方、縫ふやと見にみそかにいましにけり。見たまへば、縫いものはうち散らして、火はともして人もなし。（69頁）

とある「見たまへば」について、新大系の脚注は「垣間見の穴から」とこれを垣間見の穴からのぞいていると解している。これが先例であろうか。いずれにせよ継母は発見した男の衣装を詳細に見渡しており、そこから相手がかなり高貴な男性であろうと推察している。それは実娘三の君の婿である蔵人少将と比較しているからである。

ここまではやはり視覚だけの垣間見であったが、続いて聴覚重視の垣間見に移行している。

「知らぬわざしてまろもごうじにたり。そこもねぶたげに思ほしためり。なを縫いさして臥し給て、北方例の腹立て給へ。」

と言へば、

「腹立ち給ふを見るがいと苦しき也。」

とてなを縫ふに、あやにくがりて火をあふぎ消ちつ。女君、

「いとわりなきわざかな。取りだにをかで。」

と、いと苦しがれば、

「ただ木丁にかけ給へ。」

とて手づからわぐみかけて、かきいだきて臥しぬ。

北の方聞き果てて、いとねたしと思ふ。例の腹立てよと言ひつるは、さきざきわが腹立つを聞きたるにやあらん、語りにけるにやあらん、いとねたし。（80頁）

ここも少将の垣間見同様に途中で火が消え、視覚的な垣間見を遮断している。火が消された後は声だけであろうが、少将は北の方の悪口を言っている。「北の方聞き果てて」とあることから、二人の会話が北の方の耳に聞こえていた、というよりも火が消えた後もずっと立ち聞きしていたことがわかる。この垣間見により継母の奸計が発動され、落窪姫君は最大の

危機を招くことになるのである。その意味でも『落窪物語』の二つ目の垣間見は、恋物語展開の契機とは別の手法たりえているようである。

5　『住吉物語』の垣間見（一）

では、継子苛め譚として『落窪物語』と並び称されている『住吉物語』はどうであろうか。『住吉物語』の場合は、垣間見の前に少将に姫君の弾く琴の音を聞かせること、つまり聴覚の機能で、結婚相手が取り違えられていることを知らせている（「『住吉物語』の琴をめぐって」國學院雑誌83―7・昭和57年7月）。その後で第二段階として、用意周到に垣間見が行われるのであるが、邸内ではなくあえて屋外（嵯峨野）に設定されていること、そして夜ではなく白昼の戸外である点が大きく異なっている。

少将、よく隠れ見るをも知らず、女房共、「いとをかしき物のけしき、御覧ぜよかし」「見ぐるしくも侍らず」「様々の草共、萌え出でたり。なつかしく」など聞こゆれば、中君、おり給へり。紅梅の上に濃き綾の袿、着給へり。さしあゆみ給へる様、いとあてやかに、髪は袿の裾に等しかりけり。次に、三の君、おり給へり。花山吹の上に、萌黄の袿なり。ありつかはしき様は、少しまさりてぞ見え給へる。姫君は、とみにもおり給は

住吉物語嵯峨野逍遥

ぬを、「いかに」と責めければ、侍従さし寄りて、「いかに、人をばおろし参らせて」と申しければ、おり給へり。桜重の御衣に紅の単袴ふみしだき、さしあゆみ給へる御姿、いとけだかく、髪は袿の裾に豊に余りて、うつくしさ、絵にかく共、筆も及びがたくぞ見え給ひける。少将、是を見参らせて、「世には、かくめでたき人も侍るにや」とおぼして、大きなる松の下に隠れ居給へるを、此の姫君しも見つけ給ひて、顔打ちあかめて、急ぎ車に乗り給へるにつけても、心あるさまなり。（新大系307頁）

この垣間見も、『落窪物語』と同様に

計画的なものであった。そもそも嵯峨野逍遙は中の君が立案しており、それに三の君・姫君が賛同して出かけている。少将は恐らく妻である三の君からその情報を入手し、先回りをしていたのであろう。

『住吉物語』では、見る側は少将一人であるが、見られる側は三姉妹となっている点が特徴的である（乳母子の侍従も含まれる）[1]。しかも単に静止画面ではなく、牛車から順番に降りてくる動画になっている点も興味深い（宿木巻の浮舟も同様）。これは俗に「美人くらべ」（嫁くらべ）と称される部分であり、はなやかさとめでたさ故に、絵巻や奈良絵本では必ずと言っていいほど絵になっている。

問題はその三姉妹と少将の関係である。三の君は少将の妻であり、また中の君は兵衛佐の妻であるから、少将があえて垣間見る必然性は見出しがたい。少将の目的は姫君ただ一人のはずであるが、そうなると残りの二人は姫君の引き立て役ということになる。

それもあって車から降りる順番は、中の君・三の君・姫君となっている。その一人ひとりの着物の柄と様態と髪の長さが、評価のポイントとして描かれており、そのために垣間見も長時間に及んでいる。しかしながら三姉妹の優劣は、既に車から降りる順番で決定していると言っても過言ではなかろう。つまり、最初に降りる中の君よりも二番手の三の君の方がすぐれ、その三の君よりも最後の姫君の方が一段と美しいというわけである。しかも姫君の場合は、単に最後（真打ち）というだけでなく、車からなかなか降りないことによって、前者二人をたしなみや精神性でも大きく引き離している。(2)

もちろん三人の比較というよりも、継母の娘と継子の姫君の比較が重要であった。そのため三の君の髪の長さは省略されているが、ここでは中の君と同じくらいと読めばいいのであろう。こうなると『住吉物語』は、火影の不明瞭な垣間見とは違って、白昼という設定の中で継母の娘との比較を行い、その絶対的な美しさを強調・顕示していることになる。

『住吉物語』の垣間見のもう一つの特徴は、自ずから姫君の美点にもなるのであるが、見ている少将の存在に気付いていることである。恐らく俊蔭の娘も若小君が接近したのに気付いて中に入ったのであろうが、『住吉物語』では少将を発見して急いで牛車に戻っていることがはっきり記されている。従来の垣間見では、第三者の介入による中断が一般的であったのに対して、ここでは見られている側がそれを察知することによる中断になっている。これに近いことは、『枕草子』四十六段（職の御曹司）にも見られる。誰かに垣間見られていることに気付いた清少納言の反応は、

浅ましとわらひさわぎて、几帳ひきなほし、かくるれば、頭弁にぞおはしける。（新大系68頁）

というものであった。見ているのが橘則隆と誤解している間は平気であったが、それが別人（藤原行成）とわかった途端にあわてて隠れている。これに対して今井氏は、「好きな男性に顔を見られた羞恥と、より以上に、さだ過ぎた女の芝居がかった嬌態とを見せつけられる」と述べておられる。ここでは見られる側が「さだ過ぎた」清少納言である点を考慮すべきであるが、それにしても見られる側の「芝居がかった嬌態」という指摘には留意しておきたい。

これがさらに深化・変容すれば、見る側の垣間見幻想―見られる側は見られていることに気付かない―を逆手にとって、見られる側が見られていることを意識して情報を操作することも可能になるからである。その好例が『伊勢物語』六十三段の九十九髪の女であった。同様に二十三段の元の妻もそう読みたいのであるが（本書第三章）、ここではその可能性を示唆するにとどめておく。

6　『住吉物語』の垣間見（二）

『住吉物語』には、検討すべき垣間見場面があと二つ残されている。一つは住吉における少将（中将へ昇進）と姫君の再会場面である。姫君を訪ねて住吉へ下向した中将は、松葉掻きの童（神の具現）の導きのままに住の江の邸を尋ねる。するとどこからともなく琴の音が聞こえてくる。姫君の弾く琴は、姫君の所在を知らせるシグナルだった。

「あな、ゆゆし。人のしわざには、よも」など思ひながら、其音に誘はれて、何となく立ち寄りて聞給へば、釣殿の西面に、若き声、一人、二人が程、聞こえてけり。琴かき鳴らす人有。「冬は、おさおさしくも侍りき。此比は、松風、波の音もなつかしくぞ。都にては、かかる所も見ざりし物を。哀々、心ありし人々に見せまほしきよ」と、うち語らひて、「秋の夕は常よりも、旅の空こそあはれなれ」など、おかしき声して打詠るを、侍従に聞なして、「あな、あさまし」と、胸うち騒ぎて、「聞きなしにや」とて聞き給へば、

尋ぬべき人もなぎさの住の江にたれ松風の絶えず吹くらん

と、うちながむるを聞ば、姫君也。（同336頁）

この場面では視覚よりも聴覚が優先されている。まず姫君の弾く琴の音が中将を引き寄せ、次に侍従の声と姫君の歌を耳にすることで、中将は確信を得ている。姫君のいる「釣殿の西面」は中将からは見えなかったのであろうか。それに対して侍従は、

「いかなる人にや」とて、侍従、透垣の隙よりのぞけば、簀の子に寄りかかり居給へる御姿、夜目にもしるしの見えければ、「あな、あさましや、少将殿のおはします。いか

が中すべき」（同336頁）

とあるように、「透垣の隙」から中将の姿を見ており（まさしく垣間見！）、ここでは聴覚ではなく視覚優先となっている。姫君は中将の誠意を理解しながら、侍従には姫君は不在と答えさせる。それに対して中将は、「御声まで聞きつる物を」（同頁）と訴えているので、やはり姫君の姿は見ていないのであろう。ここは立ち聞きによる垣間見ということになる。

もう一例は、子ども達の袴着・裳着に招かれた父大納言を、姫君と侍従が隠れて垣間見る場面である。

大将、大納言の直衣の袖をひかへて、内へ引入給ぬ。母屋の御簾の前に、褥敷て据へきこえたり。姫君、侍従、近く寄りて、几帳のほころびより、のぞけば、いかばかり悲しかりけん、若く盛りにおはせし姿の、あらぬ様に衰へて、髪は雪をいただき、額には四海の波を畳み、眼は涙に洗はれて光り少なく見え給へり。「あなあさましあなあさまし」と、ふしまろび給ひけり。（同344頁）

姫君と侍従は、父親の老い衰えた姿を、「几帳のほころび」からこっそりのぞいて悲しん

でいる。さらに父が涙ながらに、

祝ひの所には、まがまがしとは、さればこそ申候し物を。姫君の御あり様の、我が失ひて思ひ歎く娘の幼かりしに、違はせ給所なく、其昔さへ思ひ出て」とて、「忍びかねつるになん、許させ給へ」とて、むせび給へり。（同頁）

と告白する言葉を聞いており、ここでは視覚と聴覚の両方から垣間見ていることになる。ここは父娘再会のクライマックス場面であるから、この後に劇的な再会を果たしても良さそうであるが、物語は父に対して「小袿の謎」という最後の試練を設定しており、これをクリアーしないと許されないことになっているようである（小袿の謎―『住吉物語』の文化史的考察―」同志社女子大学日本語日本文学2・平成2年11月）。

袴着の引き出物として、大納言には「小袿のなへらかなる」が与えられる。本来はこういった儀式に萎えた衣装など褒美に出すことはあるまい。だからこそ父は「あやしながら肩にかけて帰」ったのだが、

大納言殿は、小袿の古りたりつるを、「あやし」と思ひて、取り寄せて見給へば、対の

君に着せはじめし時の袿に似たり。「老のひが目やらん」とて、打返し打返し、能々見給へば、ただそれにて有ける。其時に、胸騒ぎて、「いかにして持ち給へばか、我にしも得させ給へるも、あやし」とて、只、雑色一二人ばかり具して、大将のもとへおはして、寝殿の簀の子に居給へり。（同345頁）

と、それが姫君の小袿であることに気づいて慌てて引き返してくる。これで「小袿の謎」は解明され、大納言の娘に対する愛情が本物であることが確認されたのである。その大納言の言葉を聞いた姫君は、

此よし、姫君、聞給ひて、「今、今」と待ち居給ひければ、大将のたまはぬ先に、姫君、侍従、急ぎ急ぎいでて、涙に昏れて、物をだに言ひ給はねば、大納言、これを見て、心も消え返る程なり。（同346頁）

と急いで飛び出し、ようやく再会を果たす。これは女性側が男性を垣間見る例であるが、物語展開に重要な要素であった。

まとめ

最後に、見る側と見られる側が結ばれるまでの時間について言及しておきたい。前述の『うつほ物語』俊蔭巻や『落窪物語』では、偶然か計画的かの違いはあるにせよ、男は垣間見た直後に女性の元に侵入し、そのまま肉体関係を結んでいる（空蝉巻の軒端の荻や『夜の寝覚』も同様）。それこそが垣間見の原初形態であろうか(3)。

それに対して『住吉物語』では、屋外の垣間見であること、既に三の君と結婚していることなどが障害になっているらしく、決してすぐには結ばれていない。という以上に、物語の末尾に至ってようやく結ばれているのだから、むしろ安易に結ばれることは忌避され、試練を乗り越えた後にようやく結ばれる仕掛けになっているのであろう。若紫巻の紫の上もこれに近いが、その点では垣間見の原形とは見なしがたいことになる。なお『落窪物語』には北の方の継子垣間見、『住吉物語』には姫君の父親垣間見が設定されており、女性による垣間見にも既に重要性が付与されていることになる。

また垣間見が恋物語的展開にならないものとして、野分巻の夕霧による紫の上垣間見や、竹河巻の蔵人少将による玉鬘大君垣間見、橋姫・椎本巻における薫の大君・中の君垣間見、蜻蛉巻における薫の女一の宮垣間見などがあげられる。これらはある意味では古代性をひきずっていることになるが、それ故に物語の方法たりえておらず、既に描写の手法として確立しているようである。その中では唯一、柏木の女三の宮垣間見だけが密通へと展開しており、意味のある垣間見ということになる。ただし同時に垣間見た夕霧が冷静である点、これも特殊な垣間見と言わざるをえない。

こうしてみると『源氏物語』の垣間見は、もはや恋物語展開の方法というだけでは説明できないのではないだろうか。

第三章　『伊勢物語』の「垣間見」

1　問題提起

平安朝物語において、垣間見という設定が重要であることは、今さら取り立てて論じるまでもないことであろう。『源氏物語』における垣間見に関しても、これまでに多くの研究者によって論じられている。『源氏物語研究ハンドブック1』（翰林書房・平成11年4月）を参照すると、〈垣間見〉項で四十三本の論文が掲載されている。もはや研究し尽くされた感もあるが、それでもまだ個々に論じられていないこともあるように思われたので、従来の研究を批判的に継承しつつ、そこから新たなる垣間見の可能性を模索してきた。私見では垣間見そのものを根底から再検討し、聴覚（立ち聞き）の重要性や見られる側の演技を想定することで、従来とは異なる私見を提示したが、その過程で『伊勢物語』における垣間見の位置付けが気になってきた。特に二十三段はこれまであまりにも感傷的に評価・解釈されており、それがかえって垣間見論進展の妨げになっている恐れがある。

『源氏物語』の垣間見をさらに深化させようとする以上、『伊勢物語』の垣間見をこのまま放置しておくわけにはいかない。垣間見論の出発点とも称されている『伊勢物語』の例をきちんと押さえておかなければ、『源氏物語』との比較研究も恣意的になってしまいかねないからである。そこで今回あらためて『伊勢物語』の垣間見を俎上にのぼせてみた次第である。果たして『伊勢物語』の垣間見は、これまでのような単純な見方で済ませられるのであろうか(1)。

その前に、従来の垣間見の研究史を私なりに展望し、その分類案を提示しておきたい。

2　研究史と分類

垣間見を王朝物語の方法として確立したのが、今井論である。総括的な今井論によって垣間見の表現様式としての重要性は周知徹底されたと言っても過言ではあるまい。それにもかかわらず続く篠原論は、今井論に言及しないばかりか、垣間見というタームにも拘泥せず、それを覗き見という行為に拡散して論じている。篠原氏にとって垣間見と覗き見は同一視可能であり、その差異を問題にするよりも、用例を増加することの方がより建設的なのであろう。その中で篠原氏が覗き見を、

1豊玉毘売《とよたまひめ》型

2赫夜姫《かぐやひめ》型
3女房賛美型

の三つのパターンに分類している点はそれなりに評価できる。ただし古代（記紀神話）における見ることの禁忌（試練・違約）という話形の提示については、今井論を批判的に紹介すべきであろう（縮小再生産になりかねない）。

なお記紀神話におけるイザナギの黄泉訪問譚や火遠理命《ほをりのみこと》（彦火火出見尊《ひこほほでみのみこと》）の豊玉姫覗き見に関しては、林田孝和氏の「垣間見の文芸―源氏物語を中心にして―」（言語と文学2・昭和51年6月）が説くように、いわゆる民俗学における「見るな」の禁忌を破ること（試練・誘惑に負けること）であり、(2)必然的に男女離別の契機（手法）ともなっている。林田氏は続いて、

> 要するに、『記紀』所伝の覗き見による離別を語るモチーフが、物語文学の世界で恋愛・結婚譚へと移行してゆくのは、その客体の変容に起因する。対象が神話的、民話的なメルヘンの世界のものから、生身の人間へと変容したとき、覗き見が結婚の契機として語られる垣間見の文芸が発生したのである。

と、古代から平安朝への移行・変容を論じている。(3)なるほど禁忌が違犯に連動することはわかるが、「男女離別の手法」から「結婚の契機」への大転換については、もっと合理的にわかりやすく説明していただきたい。

それを受けた高田祐彦氏にしても、今井論を踏まえた上で、

この（『竹取物語』の）垣間見が記紀や『日本霊異記』に見られるものと異なる点は、見る側の内面を示していること、見る対象が怪奇・驚異のものではなく美しい女性であること、と一応はいえる。しかしながら、怪奇・驚異と尋常ならざる美とにさほどの径庭があるわけではない。いずれも、その非日常性によって見る者に衝撃を与える存在である点が共通しており、そこに垣間見の眼目がある。

（「垣間見」竹取物語伊勢物語必携・昭和63年5月）

とその時代的な差異に言及しつつも、むしろ共通点の方に重きを置いて論じている。人間ならざるかぐや姫の正体は最後まで露見しないものの、確かに怪異とは紙一重の存在であろう。そういった古代における見ることの禁忌が、たとえ平安朝の物語の背後に潜んでいるとしても、夙に今井氏が「伝誦上の一形式」として退けたように、必ずしも物語の方法として創案されたものではないので、ここで再検討する垣間見とは一線を画したい。

というよりも、高田氏の指摘した「見る側の内面を示している」ことに、もっとこだわってみたいからである。「見る側の意識」こそは、方法としての垣間見において非常に重要な要素ではないだろうか。その意味でも『竹取物語』の垣間見―物語における初出例―をここで再検討しておきたい。用例自体は非常にあっさりとしており、求婚者達の行動を描写する

ことで、

世界の男、あてなるも、賤しきも、いかでこのかぐや姫を得てしかな、見てしかなと、音に聞きめでて惑ふ。そのあたりの垣にも家の門にも、をる人だにたはやすく見るまじきものを、夜は安きいも寝ず、闇の夜にいでても、穴をくじり、垣間見、惑ひあへり。さる時よりなむ、「よばひ」とはいひける。（新編全集19頁）

のごとく「よばひ」の語源譚に流れている。これについて今井氏は前掲論文の中で、ここに見えるかいま見は、それ以前の作品に見られなかった新しい性格を持っている。第一にここでは「見られる者」すなわち赫映姫の容姿よりも、「見る者」すなわち姫をのぞき見ようとする貴人たちの姿に表現の重点が移されている。しかも従来のものが「見られる者」のみを主として外面的に捉えたのに対して、「見る者」を主として内面からその心理をも捉えようとするのであり、いわばかいま見における内なるものの発見であったといえるであろう。第二には「見られる者」の性格が、従来記紀霊異記ではほとんど怪奇的、もしくは驚異的なおどろおどろしきものであったのに対して、この場合は美しい一人の女性であり、「見る者」と「見られる者」とは初めて恋愛（もちろん一方的なものではあるが）という内面的協和の感情によって結ばれていることである。

と、『竹取物語』における垣間見の進化・達成を執拗に強調しておられる。しかしながら『竹取物語』こそは「垣間見」という語の初出であるから、これをいきなり進化とするのはいささかためらわれる。むしろ従来の「覗き」が「垣間見」へ転換したと見ておきたい。

これが必然的に『伊勢物語』初段の垣間見ともリンクしてくるわけだが、果たして不特定多数の男による『竹取物語』の閉ざされた垣間見を、「内なるものの発見」とまで評価していいのであろうか。確かに古代的なものからは変容しているかもしれないが、ここはかぐや姫の美質を強調するための方便として用いられただけではないのだろうか。というよりもかぐや姫の垣間見は、不可能な行為でしかなかった。

さて『伊勢物語』の考察は後にして、次に『竹取物語』からの発展として、従来ほとんど問題視されてこなかった垣間見の「穴」に注目してみたい。

3　垣間見の「穴」

垣間見の用例に「穴」が付属している例としては、『うつほ物語』国譲上巻の、

大将、御階より、やをら上りて、御簾の狭間に籠りて、穴を求め給へど、いみじく麗し

く造りたれば、隙もなし。開くべき物もなければ、「いかにせむ」と思ひ立ち給ひけり。

（おうふう『うつほ物語』663頁）

をあげることができる。これなど閉ざされた垣間見という点で、正しく『竹取物語』を継承するものであろう。[4]という以上に、もはや穴をくじることも不可能となっている。今井論にも「穴」の用例がいくつか引用されている。論文の冒頭からして『和泉式部日記』の例—長保六年（寛弘元年（一〇〇四））正月一日条の、

上の御方の女房出でゐてもの見るに、まづそれをば見で、「この人を見む」と穴をあけ騒ぐぞ、いとさまあしきや。

（新編全集85頁）

が認められる。これは宮邸入りした和泉式部を北の方付きの女房が見ようとする場面であるが、覗き見るためにわざわざ「穴」を開けている点に留意したい。もちろんこの場面では、和泉式部は覗かれていることを十分承知しており、だからこそ「あさまし」という感想を漏らしているわけである。それは宮邸入りした長保五年（一〇〇三）十二月十八日条に、宮から「けしからぬものなどはのぞきもぞする」（同83頁）と忠告されていたからであろうか。[5]いずれ

にしても、これが男女ではなく同性間の垣間見である点、また一方的な覗きではなく見られていることを意識している点に留意しておきたい。

次に『大鏡』右大臣師輔伝の、

藤壺・弘徽殿との上の御局は、ほどもなく近きに、藤壺の方には小一条女御、弘徽殿にはこの后の上りておはしましあへるを、いとやすからず、えやしづめがたくおはしましけむ、中隔の壁に穴を開けて、のぞかせたまひけるに、女御の御かたち、いとうつくしくめでたくおはしましければ、（新編全集『大鏡』149頁）

があげられている。ここでは弘徽殿（安子）の藤壺（芳子）に対する嫉妬が描かれているわけだが、やはり覗き見用の「穴」が人為的に開けられていた。その後、安子の嫉妬は激化して、「穴よりとほるばかりの土器の割れして、打たせたまへり」（同頁）という事件に発展している。この二作品の例は男女の恋愛のそれではなく、二人妻説話あるいは後妻打ちのパターンとして理解できそうである。それはそれとして、芳子側はその穴の存在を意識しなかったのだろうか。それとも身分的に穴を塞ぐことも抵抗することもできなかったのであろうか。

なお今井論には引用されていないが、『落窪物語』にも垣間見の「穴」が認められる。

北の方、「縫はで寝やしぬらむ」とて、うしろめたう、寝静まりたる心地に、例のかいまみの穴よりのぞけば、少納言はなし。こなたに几帳立てたれど、側のかたより見るれば、女、こなたのかたに後ろを向けて、持たる物を折る。向ひて控へたる男あり。

（新編全集95頁）

あるいはこれが「垣間見の穴」表現の初出かもしれない。ただしこの穴はその時点で開けられたものではなく、恐らく北の方が継子である落窪の姫君を監視するために、ずっと以前から開けていたもののようである。だからこそ「例の」を冠しているのであろう。ただし前に「例はさしものぞきたまはぬ北の方」（新編全集70頁）とあることと矛盾する。ここでは物語の整合性よりも緊迫感を優先しているのであろうか。こういった「穴」は、およそ従来の垣間見とは次元の異なるものである。この『落窪物語』の例を含めて、以上の3例は、見る対象が特定の女性となっている。それに対して『このついで』第三話にも、

隔てのけはひの、いとけだかう、ただ人とはおぼえはべらざりしに、ゆかしうて、ものはかなき障子の紙の穴かまへ出でて、のぞきはべりしかば、

（新編全集『堤中納言物語』401頁）

と、覗き見のための「穴」が開けられている。ここでは見も知らぬ人を覗く点で、今までの用例と異なっているものの、少なくとも「穴」の伝統は継承されていると言えよう。

また『源氏物語』早蕨巻に、

かいばみせし障子の穴も思ひ出らるれば、寄りて見たまへど、この中をばおろし籠めたれば、いとかひなし。（新編全集五354頁）

とあるのは、かつて薫が大君と中の君を垣間見した障子の「穴」であるが、それは、

なほあらじに、こなたに通ふ障子の端の方に、掛金したる所に、穴のすこしあきたるを見おきたまへりければ、外に立てたる屏風をひきやりて見たまふ。（同椎本巻216頁）

の場面を回想しているのであろう。その折は遮《さえぎ》っていた几帳が移動されたお陰で二人を垣間見ることができたが、今回は御簾が下ろされていたので中の君を垣間見ることはできなかった。

続いて宿木巻で薫が浮舟一行を垣間見る場面、

この寝殿はまだあらはにて、簾もかけず、下ろし籠めたる中の二間に立て隔てたる障子の穴よりのぞきたまふ。御衣の鳴れば、脱ぎおきて、直衣、指貫《さしぬき》のかぎりを着てぞおはする。（宿木巻488頁）

があげられる。面白いことに、『源氏物語』では宇治十帖にしか垣間見の「穴」が登場せず、しかも3例とも薫が「障子の穴」から宇治の姉妹を垣間見る例となっている点には留意しておきたい。ただし大君が亡くなった後、御堂を新築しているので、必ずしも同じ穴ではなかった（本書第九章）。

以上、垣間見の「穴」の例を見てきたわけだが、用例の多くは女性が女性を覗くものであった。また男性が女性を覗く例でも、『竹取物語』『うつほ物語』『源氏物語』早蕨巻の例は、「穴」からの垣間見が閉ざされていた。「穴」から覗いて成功しているのはわずかに椎本・宿木巻の例のみということになる。ということは、垣間見の「穴」は恋愛の契機としては働いておらず、むしろ椎本・宿木巻は例外として考えるべきかもしれない。

4　『伊勢物語』初段の垣間見

さていよいよ肝心の『伊勢物語』の例を考えてみたい。男女の出逢いが容易ではなかった平安朝において、確かに垣間見は恋物語展開の一手法として重宝なものであろう。しかしながら『伊勢物語』初段の例は、必ずしも物語展開の契機とはなっていない。そのことを確認するために、本文を引用しておこう。昔男が元服の後、奈良に狩に行った場面である。

むかし、男、初冠して、奈良の京春日の里に、しるよしして、狩りにいにけり。その里に、いとなまめいたる女はらからすみけり。この男かいまみてけり。思ほえず、ふる里にいとはしたなくてありければ、心地まどひにけり。男の、着たりける狩衣の裾をきりて、歌を書きてやる。（新編全集113頁）

従来、垣間見を契機として、垣間見た男と垣間見られた女とが結ばれる（見ることが所有するという神話的発想）という展開が信じられていた。しかしながら短篇物語たる『伊勢物語』の初段は、垣間見場面だけであっけなく終結・閉塞してしまっているのである。(6) そのためもあって初段の垣間見は、垣間見る昔男の目もテレビカメラ的な役割すら果たしておらず、男の見た女はらからの人物描写は一切見られない。という以上に、「見る」という動詞さえ用いられていないのである。たとえ男の目に美しい姉妹が映っていたとしても、読者はそれを共有しえないのみならず、姉妹の差異さえも判断できないのである（もともとこの姉妹は同化してい

奈良絵本伊勢物語初段

るのかもしれない)。

むしろここでは、垣間見て惑乱した昔男の情熱的な行動や心内が具体的かつ詳細に描出されていた(一人芝居)。それこそが『竹取物語』の継承―見る者を見る興味―なのであろうか。しかし不特定多数の『竹取物語』と違って、『伊勢物語』は垣間見る男の「いちはやきみやび」に主眼があり、だからこそ垣間見られる女性の描写には興味がないのである。その点で、見られるかぐや姫を主人公とする『竹取物語』の垣間見と同一視することはできない。(7) というより、従来この初段の垣間見を無批判かつ誇大に評価しすぎていたのではないだろうか。

そのことは今井論でも、

『伊勢物語』初段その他に見られるようなかいま見―ほとんどなんらの具体的描写をも伴わず、一つの概念語に等しいような、さらにまた多くの場合その成立の背後には当時の民間説話のごときものが素材として居座っているようなかいま見が、一面において作家個人の独創性というものを前提とした小説手法―すなわち小説創作上の技巧における様式―の問題として果たして論じ得る資格があるだろうか。

と疑問視されている。こうなると無理に垣間見の全てを評価するよりも、重視すべき例とそうでない例とに分ける方が得策かもしれない。つまり『竹取物語』や『伊勢物語』初段の例は後の展開に結びつかないので後者ということになる。

もっとも、初段を重視する立場では、後の恋物語の展開が容易に想像できるという解釈をとっている（垣間見幻想）。また物語展開の契機になっているか否か以上に、「女はらから」つまり二人（複数）の女性を同時に垣間見るという設定の特異性に注目しているようである。(8)というのも、この構造が『源氏物語』の垣間見に大きく反映されていると考えられるからである。それは空蟬と軒端の荻、紫の上と祖母尼君、玉鬘の大君と中の君、宇治の大君と中の君などであるが、これらの例は『源氏物語』の研究者によって、全て『伊勢物語』の引用とされている。もちろんそれに異論はないが、そろそろ構成上の手法を超えた長編的構想として考える時期に来ているのではないだろうか。

5 『伊勢物語』六十三段の垣間見

ところで六十三段の用例は、初段以上に重視すべきなのであるが、老女（九十九髪）の滑稽譚ということで、その真価が見えにくくなっているようである。まず、女の垣間見であることに留意したい。

さてのち、男見えざりければ、女、男の家にいきてかいまみけるを、男ほのかに見て、
百年に一年たらぬつくも髪われを恋ふらしおもかげに見ゆ

伊勢物語63段

とて、いで立つけしきを見て、うばら、からたちにかかりて、家にきてうちふせり。男、かの女のせしやうに、忍びて立てりて見れば、女嘆きて寝とて、

さむしろに衣かたしき今宵もや恋しき人にあはでのみ寝む

とよみけるを、男、あはれと思ひて、その夜は寝にけり。（同166頁）

この六十三段に関しては、山本登朗氏の「「かいまみ」の意味—伊勢物語六十三段をめぐって—」（ことばとことのは10・平成5年12月）が大変参考になる。ただし山本論は、六十三段で行われた二つの垣間見の動機・理由を考察することが主題となっているので、ここで問題とする聴覚及び演技ということはほとんど問題視されていない。しかしながら昔男は老女が垣間見ていることを察知しており、だからこそ余裕をもって老女に聞こえるように歌を詠じているのである。

これについては既に三谷邦明氏が、

最初の場面では、見る老女をさらに男が見るという、見る者と見られる者の関係が逆転しているところに特徴がある。後半の、男が垣間見する際にも、手際よく老婆が歌を詠んでいるところを見ると、「女」も、男に垣間見されていることを知っていると理解できるだろう。それ故、老女は歌徳を上手に利用したのである。お互いに垣間見されていることを知っている、二つの場面を描いていることが、この章段の趣向なのである。既に、物語文学の主要なモチーフとなっていた垣間見を、擬き・パロディ化する時代が到来していたのである。つまり、垣間見というモチーフはパロディ化されるほど成熟していたのである。（56頁）

と分析しておられる（「〈語り〉と〈言説〉―〈垣間見〉の文学史あるいは混沌を増殖する言説分析の可能性―」『源氏物語の言説』翰林書房・平成14年5月）。後半の「既に、物語文学の主要なモチーフとなっていた垣間見」あるいは「垣間見というモチーフはパロディ化されるほど成熟していた」というのは、これが『伊勢物語』の章段であることを踏まえて、それ以前のどの作品で「主要なモチーフとな」り、また「成熟していた」のか具体的な説明がほしいところである。

それはさておき、この場合は垣間見ている老女よりも、見られている男の方が有利であろう（情報操作が可能）。なお山本氏は、この老女の垣間見を「男のありのままの真意を知ろう」

としたものと説いておられる。その発言こそは、垣間見幻想に陥っていることのあらわれではないだろうか。読者は、男の行為が「真意」の吐露でないことを十分理解しているはずである。この垣間見は、三谷氏の言われるように予想以上に深化あるいは変形したものだったのだ。

対照的な二つ目の垣間見では、今度は逆に老女は昔男を意識して歌を詠じている。しかも男が「女の賢明の擬装」を承知していることは言うまでもない。その意味では、この場合も男の方が有利ということになる。ここで最も重要なのは、それが擬装・演技であるか否かではなく、老女がいかにすぐれた歌を詠じたかではないだろうか(9)。それこそが歌物語の命のはずである。こうして六十三段の垣間見を分析すると、もはや垣間見を見る側の一方的な行為としてだけ論じることはできなくなってしまう。見られる側は見る側の存在を意識しているし、また見る側が見られる側の演技をも認識しているのだから、既にこの垣間見は単純な解釈では歯が立たないはずである。

必然的に聴覚(立ち聞き・垣間聞き)の重要性も浮上してくる。そのことは祐子内親王家に宮仕えに出た菅原孝標女の回顧の中に、

立ち聞き、かいまむ人のけはひして、いといみじくものつつまし。

（新編全集『更級日記』326頁）

と並記されていたにもかかわらず、従来の論では視覚重視・聴覚軽視されてきた。たとえば高橋亨氏の「物語のまなざしと空間」（日本の美学16・平成3年3月）では、若紫巻の垣間見場面に関して「現実的な距離関係からいえば、尼君と少女、そしてその脇にいる女房たちの声が、光源氏に聞こえたかどうか疑わしい。王朝女性たちの高貴さは、かそけき声によって示されていたはずだからである」と述べられている。今井論でも、立ち聞きの重要性を示唆しつつ最終的には保留にしておられる。しかしながら六十三段で歌が聞こえなかったら、物語の展開は閉ざされてしまう。特にこの場合は、見られている側は見ている側に聞こえよがしに歌を詠じているのだから、視覚と聴覚に優劣はつけられない。一歩譲って視覚を補うものとしての聴覚でも構わないのだが、垣間見における聴覚の効果（情報源）を認めたところから、垣間見論の広がりが生じるのである。垣間見という字面に拘泥する必要はあるまい。

その反対に、二十七段では「立ち聞き」だけで垣間見たかどうかは定かではない。

むかし、男、女のもとに一夜いきて、またもいかずなりにければ、女の、手洗ふ所に、貫簀《ぬきす》をうちやりて、たらひのかげに見えけるを、みづから、

われればかりもの思ふ人はまたもあらじと思へば水の下にもありけり

とよむを、来ざりける男、立ち聞きて、

みなくちにわれや見ゆらむかはづさへ水の下にてもろ声に鳴く（141頁）

女は悲しみのあまり、「われればかり」歌を声に出して詠じた。それを男が立ち聞いて、「水口に」歌を返した。男が早朝に唐突に女のもとにやってきた理由を説明することはできないが、立ち聞けるということはそれだけ近いところ、つまり垣間見できるところにいたとも考えられる。あるいは視覚を遮られていたからこそ、このような誤解を含むような返歌になったと解釈すべきであろうか。

6　『伊勢物語』二十三段の垣間見

ここで六十三段の垣間見分析を踏まえて、あらためて二十三段（筒井筒章段）を見ると、この段の読みも変容を余儀なくされることになりそうだ。

さりけれど、このもとの女、あしと思へるけしきもなくて、いだしやりければ、男、こと心ありてかかるにやあらむと思ひうたがひて、前栽のなかにかくれゐて、河内へいぬ

るかほにて見れば、この女、いとよく化粧じて、うちながめて、
風吹けば沖つしら浪たつた山夜半にや君がひとりこゆらむ
とよみけるを聞きて、かぎりなくかなしと思ひて、河内へもいかずなりにけり。
（新編全集137頁）

二十三段に垣間見の語は用いられていないが、この場面を垣間見とすることに異論はあるまい。ただしこの垣間見は、山本氏も説かれるように、垣間見しなくても見ることができる立場にある夫が、あえて妻の真実を知る目的で垣間見ている点に最大の特徴がある。これは恋物語展開の契機としての垣間見とは明らかに相違していることになる。夫にしてみれば、垣間見によって妻の本心がわかるという前提があるわけだが、果たして垣間見にそんな威力（神話）

伊勢物語23段前半（独立行政法人国立公文書館蔵、和泉書院刊より）

が付与されているのであろうか。そのことは垣間見の約束事なのであろうか。実はそこに男の誤解（善意）があり、そして読者・研究者の落とし穴（幻想）が存すると思われてならない。それは根拠のない垣間見幻想に支えられた読みではないのだろうか。(10)

あらためて本文を見ると、妻はわざわざ念入りに化粧したり（誤解を招く行為）、前栽に隠れている夫から見える端近な所に出てきたり、聞こえよがしに夫を心配する歌を詠じたりと、かなり思わせぶりな行動（演劇的要素が濃い）をとっているではないか。しかもここに妻の心内は一切描かれていないのだから、全ては妻の一人芝居を垣間見ている夫の判断にすぎないのである（もちろん読者の目は夫に同調）。先の六十三段に準じれば、夫が見ていることを予想しての、そして夫の愛を取り戻すための妻の迫真の演技を読むことは十分可能であろう。このことは関根賢司氏も「教室で学生たちとこの章段を読んでいると、きまって、女は男が前栽の中に隠れて見ていることを知っていて、化粧をし、歌を詠んだのではないか、という質問あるいは異議が提出されるのだ。化粧も詠歌も、表に嫉妬の情を露わさない女の、男の心を自分に取り戻すための効果的な演技、術策だったのではないか、と言うのである。どうやら僕ひとりの体験ではないらしく、むろん短大や大学の授業ばかりでもなくて、高校の国語教育の現場からも同じような報告があったことを記憶している」（『伊勢物語論』おうふう・平成17年5月）と述べておられる。従来の垣間見では、見る側が絶対的に優位であったが、見られる側がそれを察知しているとなると、演技によって情報を操作できるのだから、むしろ見られる側が優位となる。見ている方は垣間見幻想によって、擬装された姿を真実として受け取らざるをえないからである。

この二十三段については、後半の高安の女についても言及しておきたい。

まれまれかの高安に来て見れば、はじめこそ心にくもつくりけれ、いまはうちとけて、手づから飯匙とりて、笥子のうつはものにもりけるを見て、心憂がりて、いかずなりにけり。（同頁）

伊勢物語23段後半（独立行政法人国立公文書館蔵、和泉書院刊より）

この場面の「来て見れば」「見て」は、垣間見ではなく夫は「うちとけ」た妻の前にいると考えられているようである。しかし「河内へもいかずなりにけり」に続いて「まれまれかの高安に来て見れば」

とあるのだから、その高安の女が「うちとけ」るというのも妙ではないだろうか。これに対して『大和物語』一四九段では、

かくて月日おほく経て思ひやるやう、つれなき顔なれど、女の思ふこと、いといみじきことなりけるを、かくいかぬをいかに思ふらむと思ひいでて、ありし女のがりいきたりけり。久しくいかざりければ、つつましくて立てりける。さてかいまめば、われにはよくて見えしかど、いとあやしきさまなる衣を着て、大櫛を面櫛にさしかけてをり、手づから飯をもりをりける。いといみじと思ひて、来にけるままに、いかずなりにけり。（新編全集383頁）

とあって、明らかに男は垣間見ているのである。その方が二人の女性の比較ということでは公平と思われる。そういった合理的解釈から、『伊勢物語』の高安の女を男が垣間見る絵も少なからず描かれているのであろう。(11)

二十三段では夫の身勝手な垣間見と思い込みを提起してみた。また妻の愛情とは別に、その裏側に女のしたたかさを深読みしてみた。なお前述の六十三段を含めて、第三次成立ということで括れるとすると、二十三段だけを清純な妻の物語として読むことは、かえって誤読

を招くのではないだろうか。

まとめ

以上、『伊勢物語』の代表的な三つの垣間見を再検討してみた。初段の垣間見は、まだ見ぬ人を垣間見るという点で、恋物語展開の契機たりうるものだが、物語は見られている姉妹を描写せず、あくまで見ている昔男の動向に目を向けており、その意味で発展性のない垣間見だった。これなど今井論の呪縛を受けて、未来に発展する予感を内包させることで、無理に垣間見の好例に仕立て上げられているのではないだろうか。

次の二十三段は、夫が古女房を垣間見るという点で新鮮味のないものとなっている。もちろん失われた夫の愛を取り戻すということになると、見られている妻の巧妙な演技という問題が浮上してくる。夫婦ということでは、古代におけるイザナギの黄泉訪問譚や火遠理命(彦火火出見尊)の豊玉姫出産場面の覗きと共通するが、結末はまったく逆になっている点に、むしろ古代との断絶を認めたい。

六十三段は従来注目されなかった女による垣間見を確立させていること、さらに男女間の垣間見ごっこことも言うべき構成になっていることが特徴であろう。もちろんそこに真剣な男女の恋愛などは存在しておらず、見られる側が見られていることを意識して演技している点、従来の垣間見論に一石を投じるものであった。

こうしてみると『伊勢物語』の垣間見は、到底原初的なものではありえず、既にかなり変形・深化したものということになる。では原形はどこにあるのかと言えば、それを安易に古代の神話に求めるのではなく、むしろ原形そのものが今井論における概念（求めても得られない幻想）でしかなかったのではないだろうか。

第四章　空蝉・軒端の荻の「垣間見」

1　空蝉巻の「垣間見」

垣間見の基本的な概念として、従来は垣間見る側の存在を見られる側は知り得ないとしているようである。ここで取り上げる空蝉巻の垣間見についても、垣間見ている源氏の存在に、空蝉も軒端の荻も全く気付いていないという前提で読んできたのではないだろうか。ところが源氏の存在を暗示するものとして、空蝉の弟小君がその場にいることについては、これまであまり注意が払われていなかった。ここで小君に注目すると従来の読みがどのように変容するのか、この点について少しばかり私見を述べてみたい。なお小君の役割については、吉海「小君の役割」（『源氏物語の新考察』（おうふう）平成15年10月）を参照していただきたい。

第一に案内役の小君（空蝉の弟）が、

東の妻戸に立てたてまつりて、我は南の隅の間より、格子叩きののしりて入りぬ。

（新編全集空蟬巻一119頁）

のごとく大きな音を立てていることに注目しておきたい。これに関して新編全集の脚注二一では、「「叩きののし」ったのは、人々の注意を自分のほうに引きつけて、妻戸にいる源氏の姿に気づかせないようにする策略」（同頁）と注記してある。そのために小君はややオーバーアクションをしているわけである。それは単に格子を「叩きののし」ったというだけでなく、「あらはなり」と言って応対に出た御達（老女房）に対してもわざわざ、

御達、「あらはなり」と言ふなり。「なぞ、かう暑きにこの格子は下ろされたる」と問へば、「昼より西の御方の渡らせたまひて、碁打たせたまふ」と言ふ。さて向かひゐたらむを見ばやと思ひて、やをら歩み出でて、簾のはさまに入りたまひぬ。（同頁）

と逆に問いただしている点にも注目したい。その会話の声は妻戸にいる源氏の耳にも届いていた。この会話によって内実が源氏に説明されたことになる。というよりも小君は、源氏に聞こえるように意識して行動しているのであろう。同じく新編全集の脚注二七に、「「さて」は、女房のいう、二人が碁を打っている状態で」（同頁）とあるのも参考になる。だからこそ

源氏は、碁を打っている空蝉と軒端の荻を垣間見たいという衝動にかられ、すぐさま行動に出ているのである。幸い「紛るべき几帳なども、暑ければにや、うちかけて、いとよく見入れらる」（同頁）と暑さのお陰で丸見えだった。

それではこの格子を叩く大きな音や小君と御達の会話は、肝心の空蝉の耳には全く届かなかったのだろうか。もっとも最初に御達が口にした「あらはなり」に関しては、「言ふなり」と伝聞推定の「なり」が付いているので、やや小声で発せられたとも考えられる。この御達の発言は、逆に垣間見る側にとって絶好の条件にあること、つまり今がチャンスであることを明言していることにもなる。

絵入源氏物語　空蝉巻

それに対して小君は、自分に注意を引きつけるためであれば、おそらく意図的に大きな声でしゃべったのではないだろうか（源氏に聞こえるようにとの配慮があっても同様）。こうなるとこの場面における小君と源氏の距離、小君と空蝉の距離の差が問題になってくる。たとえ紀伊守邸が寝殿造りの立派な豪邸であったとしても、空蟬はどちらからもそんなに遠いところにいるわけではなさそうである。というのも、源氏が「やをら歩み出で」ただけで空蟬を見通せる場所に到達することになっているからである。

そもそも「この入りつる格子はまだ鎖さねば、隙見ゆるに寄りて西ざまに見通したまへば」(同頁)とあるのだから、小君は既に源氏以上に空蟬に接近しているはずである。そうだとすれば小君の存在は、空蟬の方でも聴覚的に十分察知可能距離にあることを、まず押さえておきたい。

2　小君の不在を読む

次に小君の行動について考えてみよう。物語はこれ以降、源氏の視点から垣間見られている空蟬と軒端の荻の様子が対照的に描かれるわけだが、その間(どのくらいの時間かは不明)、小君は一体どこで何をしていたのだろうか。不思議なことに垣間見シーンにおいては、重要なはずの小君の存在が完全に失念(消去)されているのである。むしろ小君の存在は源氏の垣間見にとって邪魔なので、敢えて遠ざけられたのかもしれない。その証拠というわけではないが、

久しう見たまはまほしきに、小君出でくる心地すればやをら出でたまひぬ。（同99頁）

とあるように、どこからどのように出てくるのか未詳であるものの、源氏に小君の出てくる気配が意識された途端、垣間見はそこで中断されている。[1]しかしながら、たとえ表舞台には出ていないものの、小君は源氏との逢瀬を仲介するという大役を担って、姉の居場所を探しにいったのであるから、おそらく描かれざる部分において旧知の女房に所在を尋ねたり、また自ら歩き回って存在を確認したりしているはずである。そのことは源氏に、「例ならぬ人はべりてえ近うも寄りはべらず」（同頁）と報告していることからも察せられる。小君にしても空蝉と直接コンタクトはとれなかったものの、その居場所はきちんと見極めていたのであるし、近くへ寄る努力もしたのではないだろうか（元服していない小君であるから軒端の荻も対面を拒絶する必要はあるまい）。もしそうなら、空蝉の方でも直接顔を合わせなくても、小君が来ていることくらいは聴覚や気配によって十分察知できるはずである。[2]

そのことは、逆の状況からも確認できる。「渡殿の戸口」にいる源氏と小君の耳に、

碁打ちはてつるにやあらむ、うちそよめく心地してあかるるけはひなどすなり。「若君はいづくにおはしますならむ。この御格子は鎖してん」とて鳴らすなり。「しづまりぬ

なり。入りて、さらば、たばかれ」とのたまふ。（同頁）

と衣ずれの音が聞こえており、また伝聞推定の「なり」によって、碁の勝負が終わったことを聴覚的に推測しているからである。先の「東の妻戸」と現在の「渡殿の戸口」が同じ場所かどうかは不明だが、外にいる源氏の耳にそういった内部の物音が聞こえるくらいだから、当然中にいる空蝉にも外部の小君の言動が聞こえたはずである。そして何よりも女房の「若君はいづくにおはしますならむ」という一言が、既に小君の来訪が周知になっていることを証明しているのである（これは前述の御達なのかもしれない）。

そこからもう一歩進めると、空蝉が小君来訪の背後に源氏の影を予測するであろうことも、あながち無理な深読みではなかろう。もちろん小君の存在だけで源氏の来訪を認識できるとは断言できないものの、小君が源氏の後見を受けるようになって以来、小君は源氏の使いであり分身的存在となっているのだから、少なくとも空蝉が小君の来訪から源氏を意識することは可能であろう(3)。ひょっとすると小君には源氏の移り香が残っているかもしれない。もしそうなら、源氏が垣間見しているか否かは別にして、空蝉はその時点で源氏を意識するが故に、精神的に緊張することはありえたはずである。一方の軒端の荻にすれば、今までの経緯を全く知らないのだから、たとえ空蝉同様に小君の存在を察知しえたとしても、そこかになる。

ら源氏の来訪まで予測することは不可能なので、相変わらず打ち解けて碁に興じていること

さて、仮に小君の存在を感知した事により、空蟬が源氏の存在をも意識したとすると、ここで源氏の目に映っている端正な空蟬の姿は、必ずしもくつろいだ自然の姿そのままではないことになってくる。もちろん空蟬は嗜み深い女性であるから、どんなに夏の暑い夜であっても、しかも継子の軒端の荻と碁を打っているのであるから、極端にくつろいだ姿を見せたりはしないであろう。それにしても多少はリラックスするはずである。そうであれば、ここで両者の比較が意図されているとしても、この場における空蟬の姿はどこかしら不自然ではないだろうか。この疑問が本稿の出発点なのであった。

3　「垣間見」の再検討

垣間見ている側は、自分が見ていることを相手が知らないと思うからこそ、自分の目に映っている女性は、人目を気にしないで自然な姿をさらけだしていると信じこんでいるわけである。そのことは、

見たまふかぎりの人は、うちとけたる世なく、ひきつくろひ側めたる表面をのみこそ見

たまへ、かくうちとけたる人のありさまかいま見などはまだしたまはざりつることなれば、何心もなうさやかなるはいとほしながら、久しう見たまはまほしきに、（同頁）

という一文からも理解される。これは必ずしも源氏の心内吐露ではないものの、地の文として源氏が空蝉や軒端の荻の「うちとけた」姿を垣間見していると規定されているわけである(4)。そのことは末摘花巻でも「かの空蝉の、うちとけたりし宵の側目には」（297頁）と繰り返されている。軒端の荻はそれでいいかもしれないが、空蝉の場合は源氏よりも役者が一枚上であり、源氏が見ていることを全く知らないように振る舞いながらも、実は源氏が見ているかもしれないことを未然に察知した上での演技が含まれている可能性があると思われる。だからこそ若き源氏は、空蝉の慎み深い動作が本質的なものであると信じざるをえないのである（垣間見幻想）。その場の源氏はそういった経験の足りない若者でしかなかったのだ。

ただし空蝉が緊張しているのは、決して源氏の目を意識したからではなく、碁の勝負をしている相手たる軒端の荻（継子）に対して気を使っていると考えることも可能であろう(5)。空蝉物語の構造に継子譚を投影すれば、むしろその読みの方が妥当かもしれない。しかしそのことを充分承知の上で、あえてここで仮説を提示してみたい。垣間見の論理からすれば、完全に有利な立場にいるはずの源氏が、実は反対に不利なはずの空蝉に虚像を見せられていることになるからである。要するに、見られる側が見る者の存在を予測することさえできれば、逆に見られる側が見る側に意図的な情報を信じ込ませることも可能なわけである。むしろここは積極的に源氏の若さが露呈していると見るべきではないだろうか。

本稿では垣間見論のさらなる発展（バリエーション）として、空蝉の垣間見を例にあげ、見る側と見られる側の逆転現象の可能性を提示してみた次第である。この垣間見を見る限り、既に古代的な正体を見破るといった呪力は消滅していたことになる。『源氏物語』の垣間見は、その始発から既に変形しているようである。考えてみれば、源氏は垣間見以前に既に空蝉と結ばれているのであるから、垣間見が恋物語展開の方法として機能しているとする前提自体が相違していたのである。もちろん初回は闇の中であるので、

やをら起きて立ち聞きたまへば、ありつる子の声にて、「ものけたまはる。いづくにおはしますぞ」とかれたる声のをかしきにて言へば、「ここにぞ臥したる。客人は寝たまひぬるか。いかに近からむと思ひつるを、されどけ遠かりけり」と言ふ。（79頁）

と小君と空蝉の会話を立ち聞きし、その声を頼りに侵入して契りを結んでいる。この立ち聞きについて藤井貞和氏は、「空蝉と小君の会話を「立ち聞」く。その声によって位置を確か

め、女を襲う、という段取りである。暗夜であるから見ることはできないので、いわば耳によるかいま見であった」（「立ち聞き」源氏物語事典・平成元年5月）と分析しておられる。この際、源氏は小君と一体化して空蝉に接近しているわけである。そこで関係を持った空蝉を、今回あらためて垣間見るというのだから、むしろこの垣間見はあやにくな恋を導くものとなっている。この点にも留意すべきであろう。

4　空蝉のマイナス要素

ところで源氏の目に映った空蝉の姿は、

たとしへなく口おほひてさやかにも見せねど、目をしつとつけたまへれば、おのづから側目に見ゆ。目すこしはれたる心地して、鼻などもあざやかなるところなうねびれて、にほはしきところも見えず。言ひ立つればわろきによれる容貌を、いたうもてつけて、このまされる人よりは心あらむと目とどめつべきさましたり。（98頁）

のごとく、見るに耐えないひどい容貌であった。この点も通常の垣間見の方法からは大きく逸脱していることになる（末摘花に類似）。

一般的な垣間見では、女性の美貌を際だたせるために他の女性と比較されるようである。確かにこの場面でも、源氏の目を通して小柄な空蟬と大柄な軒端の荻、痩せた空蟬と太った軒端の荻といった具合に、碁を打つ二人の女性が対比的に描かれている。三谷邦明氏は、「愛撫するような光源氏の眼差しの移動は、〈視姦〉と言ってよいものであり、それは空蟬と軒端荻に同化している読者たちの、前意識的な視姦される快感をも伝えているのである」（『源氏物語の〈語り〉と〈言説〉』有精堂・平成6年10月、36頁）と分析しておられる。ただし一緒にいる軒端の荻の方が、

いと白うをかしげにつぶつぶと肥えてそぞろかなる人の、頭つき額つきものあざやかに、まみ、口つきいと愛敬づき、はなやかなる容貌なり。髪はいとふさやかにて長くはあらねど、下り端、肩のほどきよげに、すべていとねぢけたるところなく、をかしげなる人と見えたり。（97頁）

のようにずっと良く描かれているのだから、むしろ軒端の荻の方がヒロイン性を有していると言うこともできる（年少者の方がヒロインとして設定されることが多い）。だからこそ直後に軒端の荻と結ばれるのではないだろうか。というよりも、容貌の悪い空蟬の方が高く評価されると

いう論理は、到底理解しがたいものである。

それにもかかわらず源氏は、そういった空蝉の視覚的なマイナス面はほとんど気にせず、精神的な慎み深さに美点を認めているのである。これは従来の垣間見論からすると、かなり奇妙なはずである。要するに源氏は、垣間見以前に空蝉の情報を得ており、そのために視覚を重視しない偏った例外的な垣間見をしていることになる（フィルターがかかっている）。源氏は垣間見そのものに何かしらの成果を期待しているのではなく、ひたすら空蝉との逢瀬を求めていたのである。その意味では、本来の機能を失った不毛な垣間見ということになる。『源氏物語』の垣間見は、最初からかなり変容しているのではないだろうか。

垣間見の後、源氏は予定通り空蝉の寝所へ忍び込むことになるが、肝心の空蝉は、

女は、さこそ忘れたまふをうれしきに思ひなせど、あやしく夢のやうなることを、心に離るるをりなきころにて、心とけたる寝だに寝られずなむ、昼はながめ、夜は寝覚めがちなれば、春ならぬ木のめもいとなく嘆かしきに、（同101頁）

とあるように、源氏のことを思ってなかなか寝付けなかった。この一文を見る限り、空蝉が源氏の来訪・垣間見に気付いているとは考えにくいが、私が重視したいのは源氏の実体の有

無ではなく、空蝉が源氏を意識していることである。仲介役たる小君の存在が引き金となって源氏を意識するが故に、空蝉はなかなか眠れないのである（手紙を期待しているのかもしれない）。だからこそ、

若き人は何心なくいとようまどろみたるべし。かかるけはひのいとかうばしくうち匂ふに、顔をもたげたるに、ひとへうちかけたる几帳の隙間に、暗けれど、うちみじろき寄るけはひいとしるし。（同頁）

と、源氏が忍び込んできた気配にすぐ気付くのである。「何心ない」軒端の荻（若き人）は熟睡している。ここでは必ずしも年齢的に若いか若くないかといった対比ではなく、空蝉の見えざる苦悩こそがポイントであった。もっともこんな暗がりであるから、相手が源氏であることなど視覚で判断できるはずもなく、また「御衣のけはひ、やはらかなるしもいとしるかりけり」（100頁）とあるように、わずかな衣擦れの音（聴覚）と、そして焚き込めた香の「かうばし」い匂い（嗅覚）によって相手を推測しているにすぎないのである。(6)

しかし皮肉なことに、ずっと源氏のことを考えていた空蝉にとって、闇の中に忍び込んできた相手を咄嗟に源氏その人と認識することは、経験的に容易であったに違いない。(7)垣間見

の折に源氏を意識して演技できたのであれば、その延長として、この時も空蟬の方が源氏よりも有利に行動できたはずだからである。

まとめ

以上、空蟬・軒端の荻の垣間見を再検討したわけだが、源氏と空蟬は垣間見以前に結ばれており、その点で恋物語展開の契機たりえていないことになる（末摘花も同様か）。また二人同時の垣間見ということでは、本来は軒端の荻が空蟬の引き立て役として機能するはずだが、視覚的な面では明らかに軒端の荻の方が空蟬より優れており、その点でも一般的な垣間見からは逸脱していることになる。しかも源氏は視覚を絶対視しておらず、見えざる空蟬の内面を最大限に重視しており、垣間見の効果そのものが稀薄になっていた。

見られる側である空蟬にしても、弟小君の登場によって源氏の存在を意識あるいは察知できたとすれば、空蟬は決して打ち解けた自然な姿をさらけ出しているのではなく、演技を含んでいる可能性が存することになる。『源氏物語』における垣間見には、こういった手法も担わされているのではないだろうか。

第五章　夕顔巻の相互「垣間見」

1　夕顔巻の状況

光源氏の女性体験と呼応してか、帚木巻の「雨夜の品定め」以降、空蟬・夕顔・若紫・末摘花巻と垣間見場面が連続している。しかしながらその中の夕顔巻だけは、従来の垣間見論においてほとんど重視されてこなかった。それは夕顔巻において、垣間見らしい垣間見場面が描かれていないためかもしれない。しかしながら垣間見の再検討を行う中で、夕顔巻の垣間見が意外に看過できないものであることがわかってきたので、ここであらためて考察してみたい。

最初に『源氏物語』における「垣間見」（「かいばみ」を含む）の用例を調べてみたところ、用例は意外に少なく、わずか6例であった。その内訳は空蟬巻2例、夕顔巻3例、早蕨巻1例となっている。垣間見論が盛んな割には、用例が少ないことをまず確認しておきたい。しかも垣間見の用例は、

①かくうちとけたる人のありさまかいま見などはまだしたまはざりつることなれば、（新編全集空蟬巻122頁）

②紀伊の守の姉妹もこなたにあるか。我にかいま見せさせよとのたまへど、（空蟬巻123頁）

③時々中垣のかいま見し侍るに、（夕顔巻143頁）

④まことや、かの惟光が預りのかいま見はいとよく案内見取りて申す。（夕顔巻149頁）

⑤尼君のとぶらひにものせんついでに、かいま見させよ。（夕顔巻150頁）

⑥かいばみせし障子の穴も思ひ出でらるれば、（早蕨巻354頁）

であり、必ずしも重要な用いられ方をしているとは言い難い。つまり用例を中心とした垣間見論は不可能に近いことになる。そこで従来の垣間見論は、むしろ用例の存在を軽視し、覗く・見るなどを含む広義の垣間見場面を考察の対象としてきたのである。(1)

そのために夕顔巻は、『源氏物語』の全用例の半数にあたる3例も「垣間見」が使用されているにもかかわらず、問題にされることはなかった。従来の垣間見は、前述のように主人公の恋物語展開の契機としてのみとらえられていたために、家司クラスの用例など取り上げる価値を見出されなかったのかもしれない。しかしながら惟光の垣間見（③④）にしても、少し視点を変えてみると非常に興味深いものであった。

さて夕顔巻の垣間見の特徴は、第一に一般的に言われているような見る側の一方通行ではなく、双方が互いに覗き合っている点に認められる。そもそも冒頭部分には、

檜垣といふもの新しうして、上は半蔀四五間ばかり上げわたして、簾などもいと白う涼しげなるに、をかしき額つきの透影《すきかげ》あまた見えてのぞく。（夕顔巻135頁）

とあって、夕顔の宿側の人達が源氏の乗った牛車を覗いているところから始まっている。もちろん物語の視点は源氏にあり、大路の様子から檜垣へと視線が焦点化したところで、異様な（お行儀悪い）透影の視線に目が止まったわけである。夕顔の宿の人達は伊予簾越しに、そして源氏も牛車内の下簾を上げており、ともに簾を介して対照的な位置関係になっている。透影に気付くことで、向こうから覗かれていることを知った源氏であるが、それを承知の上で逆に相手方に興味を抱き、こちらからも覗き返している。下簾をあげることによって、源氏の顔は一層はっきりと相手に見られることになるのだが、

御車もいたくやつしたまへり、前駆《さき》も追はせたまはず、誰とか知らむとうちとけたまひて、すこしさしのぞきたまへれば、（同136頁）

絵入源氏物語　夕顔巻

とあるように、相手の身分の低さなどを甘く見て油断している。ここでは源氏が覗いているという以上に、相手側からも垣間見られていることを強調しておきたい。あるいはこれは源氏のサービスかもしれない。そのためかこの場面は、従来垣間見として扱われてこなかったが、本論では歴とした垣間見の例として検討したい。

もともと身分高き源氏は、他者から見られることには慣れていた。というよりも見られていることが平常であるので、見られることの愉悦さえ感じているのかもしれない。見られるだけでなく、帚木巻では「うちささめき言ふことどもを聞きたまへば、わが御上なるべし」（94頁）以下に女房のひそひそ話を立ち聞いているし、若紫巻でも「この世にののしりたまふ光る源氏、かかるついでに見たてまつりたまはんや」（209頁）と言う僧都の話を立ち聞いてある種の愉悦を感じている。当の空蝉にしても、小君から源氏のすばらしさを聞いた際、「昼ならましかば、のぞきて見たてまつりてまし」（帚木巻98頁）と答えている。北山の尼君も源氏のすばらしさを見て、「この世のものともおぼえたまはず」（若紫巻224頁）と感想を漏らしているし、紫の上も「宮のありさまよりもまさりたまへるかな」（同頁）と口にしている。それはさておき源氏の視線は、決して透影に釘付けされているわけではなく、再び拡散化し、そして遂に夕顔の花発見へと移動している。

名も知らぬ白い花に目が止まった源氏は、思わず「をちかた人にもの申す」（夕顔巻136頁）と歌の一節を口にするわけだが（引歌）、もしここで源氏が独り言を言わなければ、夕顔物語の展開は望めなかったかもしれない。それほどに源氏が夕顔の花（もちろん女性の喩）に目を転じたこと、そして一言発したことは物語展開の契機として重要であった。

2　演劇的な垣間見

この垣間見の分析から、いくつかの重要な点が指摘できる。まず一つ目は、前述したように垣間見が見る側の一方通行ではなく、双方がのぞきっこをしているということである。しかも源氏は、見られていることを承知の上で行動（演技？）しているのである。ではこの現象は、夕顔巻だけの特殊な例なのであろうか。私の垣間見再検討では、夕顔巻のようなケースはむしろ典型として考えている。つまり見られている側は、必ずしも見られていることに気づいていないのではなく、気づいて行動（演技）している場合もありうるということである。

その例として、『蜻蛉日記』天延二年四月条があげられる。これは養女に求婚する藤原遠《とお》度《のり》が尋ねて来た際の描写である。

あらはなる籬《まがき》の前に立ちやすらふ。例も清げなる人の、練りそしたる着て、なよよかなる直衣、太刀ひき佩《は》き、例のごとなれど、赤色の扇、すこし乱れたるをもてまさぐりて、風はやきほどに、纓《えい》吹きあげられつつ立てるさま、絵にかきたるやうなり。「清らの人あり」とて、奥まりたる女の、裳などうちとけ姿にて出でて見るに、時しもあれ、この風の簾を外へ吹き、内へ吹きまどはせば、簾を頼みたる者ども、われか人かにて、おさへひかへ騒ぐまに、なにか、あやしの袖口もみな見つらむと思ふに、死ぬばかりいとほし。（新編全集329頁）

女房達は、直衣姿の美しい遠度を簾越しに見ていたのであるが、突然の風で簾が吹き上がって、逆に遠度からうちとけ姿を見られてしまったというのである。なお遠度は「あらはなる籬の前」にいたのであるし、そもそも求婚の目的で訪れているのであるから、邸の人から見られることを十分意識しての登場であったろう。

もう一つ若菜上巻の蹴鞠《けまり》場面を取り上げたい。これは例の唐猫の引き起こした女三の宮垣間見事件である。

うち見上げて、しをれたる枝すこし折りて、御階《みはし》の中の階《しな》のほどにゐたまひぬ。督の君つづきて、「花乱りがはしく散るめりや。桜は避きてこそ」などのたまひつつ、宮の御前の方を後目《しりめ》に見れば、例の、ことにをさまらぬけはひどもして、色々こぼれ出でたる御簾のつまづま透影など、春の手向の幣袋《ぬさぶくろ》にやとおぼゆ。（140頁）

蹴鞠をやめて休憩する夕霧に柏木（督の君）が続く本文であるが、ここにも夕顔巻と同じように御簾の透影が描かれている。(2)これは女三の宮と女房達が蹴鞠見物をしている場面なので、当然夕霧や柏木は視線にさらされていることを承知の上で行動しているはずである。と言う以上に、柏木は女三の宮から見られていることを過剰に意識して行動・発言している。そのことは柏木の口にした「桜は避きてこそ」（引歌）の新編全集の頭注に、「女三の宮の目を意識して、風流な格好を見せようとするのであろう」と説明されていることからも首肯されるであろう（女三の宮が実際に柏木を見ていたかどうかは別問題）。そうなると夕霧の「しをれたる枝すこし折りて」というしゃれた行動も、柏木と同様の意識と考えたい。

柏木にしても「宮の御前の方を後目に」見ていたのであるから、たとえ御簾の内の方が有利であったとしても、やはり双方のぞきっこしていたことになる。なお『伊勢物語』や空蝉の例などのように（本書第三、四章）、見られる側の演技ということも十分考えられるので、この柏木の引歌以外の言動も必ずしも自然なものではなく、かなり緊張した演技として読み取ってみたい。そういった深読みが認められれば、従来の一方的かつ演技を認めない垣間見論は再考を要することになろう。

二つ目は聴覚重視である。空蝉巻や若紫巻の垣間見で明らかなように（本書第六章）、見られている側の会話の声は、すべてではないにせよ、見ている側の耳に聞こえていると考えられる。若菜上巻の例にしても、柏木はただ風流なポーズを見せていただけでなく、自らの声も聞かせようとしていたのではないだろうか。つまり柏木の「桜は避きてこそ」という言葉（引歌表現）は、必ずしも側にいる夕霧に対して発せられたのではなく、むしろ御簾の内にいる女三の宮に聞こえることを意識していたと読みたい。もしそうなら、これを夕顔巻の分析に応用してもおかしくないであろう。

若菜上巻の例を参考にして、早速夕顔巻を再検討してみよう。そもそも源氏の「遠方人に」という発言（独り言）は、決して近くの随身に向かって問いかけられたものではなかったはずである。これはむしろ「遠方人」、つまり夕顔の宿側に対して発せられたとは考えられないだろうか。もちろん両者の距離が問題であるが、「見入れのほどなくものはかなき住まひ」（136頁）とあるのだから、十分声が聞こえる距離と見てよかろう。これは若菜上巻における柏木と夕霧と女三の宮の位置関係に相当する。

それにもかかわらず、牛車の側（中間地点？）にいた随身が気を利かせて、「かの白く咲けるをなむ、夕顔と申しはべる」（同頁）云々と返事をしたものだから、源氏の当初のもくろみも変容してしまい、やむをえず随身との会話へと移っていった。これは源氏の発した引歌表現が、自ずから問いかけになっていたために、随身が答えてしまったのかもしれない。この随身の返事を教養の発露ととるか、それともさかしらととるかはさておき、それによって夕顔の宿側の存在感が一気に薄れてしまったわけである。

しかしながら、肝心の夕顔側の垣間見自体はここで中断されたわけではなく、その後もずっと継続して行われていたことに留意しておきたい。つまり源氏の独り言のみならず、随身の返答、それに対する源氏の命令は、すべて一連の垣間見の中で行われているのであるから、夕顔の宿側はその一部始終をずっと見聞していた可能性が高い。その点が従来は看過されてきたようである。

しかし会話が聞こえていたからこそ、随身が夕顔の宿の門内に無断で闖入してきた際、「どなたですか」とか「何か御用ですか」などと尋ねることなく、即座に女童をして「これに置きてまゐらせよ。枝も情なげなめる花を」（同137頁）と答えさせることができたのではないだろうか。このタイミングのいい応答を見る限り、夕顔側は随身が何をしに門内に侵入してきたのかわかっていたと考える方が妥当であろう。

こじつけかもしれないが、源氏が「一房折りてまゐれ」と命令したのに反応して、女童が「これに置きてまゐらせよ」と答えたとしたら、両会話は見事に呼応していることになる。(3)同様に源氏の「をちかた人にもの申す」（そこに咲いている白い花は何の花ですか）と尋ねたことに、夕顔側が「心あてに」歌で「夕顔の花です」と答えたと考えれば、それが一番スムーズな物語の流れに思えるのだが、この読みはいかがであろうか。ここではそういった聴覚のもたらす効果についての仮説を提示しておきたい。

3　聴覚重視

夕顔の宿の聴覚については、それ以外にも参考になる場面が存する。たとえば八月十五夜の暁方の描写に、

隣の家々、あやしき賎の男の声々、目覚まして、「あはれ、いと寒しや」、「今年こそなりはひにも頼むところすくなく、田舎の通ひも思ひかけねば、いと心細けれ、北殿こ

そ、聞きたまふや」など言ひかはすも聞こゆ。（155頁）

とある。これはしゃべっている男達の声が大きいのかもしれない。近隣の話し声を聞いた夕顔は、死ぬほど恥ずかしく思っているのであるが、源氏は「またなくらうがはしき隣の用意なさを、いかなることとも聞き知りたるさまならねば」（同頁）と誤解している。それはともかく、ここに「そそめき騒ぐもほどなきを」（同頁）とある点に注目したい。これは前述の「見入れのほどなくものはかなき住まひ」（136頁）と整合していることになるからである。さらに明け方近くにも、

鶏《とり》の声などは聞こえで、御岳精進にやあらん、ただ翁びたる声に額《ぬか》づくぞ聞こゆる。起居のけはひたへがたげに行ふ、いとあはれに、朝の露にことならぬ世を、何をむさぼる身の祈りにかと聞きたまふ。南無当来導師とぞ拝むなる。（158頁）

とあるように、御岳精進の翁びた声が源氏の耳に聞こえていることも付け加えておきたい。こういった卑近な例を参考にすれば、やはり夕顔の宿側に源氏の声が聞こえていたと考えることは、あながち的はずれではなさそうである。というよりもそう考える方が妥当ではない

だろうか。

三番目に嗅覚についても問題にしたい。これは直接垣間見とはかかわらないけれども、夕顔側からもたらされた白い扇には、「もて馴らしたる移り香いとしみ深うなつかしく」（139頁）付着していた。もしその移り香に貴族のたしなみ以上の意図があるとすれば、言い換えればその移り香が扇の持ち主を特定する重要な手がかり（情報）として機能していたとしたらどうであろうか（空蝉の単衣には「人香」が染みていた）。しかしながら源氏は移り香にはそれ以上の関心を示さず、扇に書かれていた、

心あてにそれかとぞ見る白露の光そへたる夕顔の花（140頁）

歌に心惹かれており、夕顔の宿への関心をますます深めている。ここでは垣間見における嗅覚の可能性だけを指摘するに留めておきたい（本書第九、十二章）。

夕顔の花と扇の歌を見た源氏は興味をそそられ、早速惟光に隣家のことを尋ねている。そして惟光の「はらからなど宮仕人にて来通ふと申す」（同頁）という調査報告から、夕顔側の正体を「さらば、その宮仕人なり、したり顔にもの馴れて言へるかな」（同141頁）と判断（推量）しているのである。それが誤解だとしても、宮仕人であれば自分の顔を見知っている

という前提が存するのであろう。その上で筆跡を意識的に変えて、

寄りてこそそれかとも見めたそがれにほのぼの見つる花の夕顔（同頁）

と返歌している。それに対する夕顔側の反応が、

まだ見ぬ御様なりけれど、いとしるく思ひあてられたまへる御側目《そばめ》を見すぐさでさしおどろかしけるを、答へたまはでほど経ければなまはしたなきに、かくわざとめかしければ、あまえて、「いかに聞こえむ」など言ひしろふべかめれど、めざましと思ひて随身は参りぬ。（同頁）

と詳しく記されている。随身の反応も面白い。

ここで注目したいのは、夕顔側が源氏の「側目」（横顔）を確かに見ていたことが明記されている点である。前述のように、源氏が油断して下簾から「すこしさしのぞ」いたのを、夕顔の宿側はしっかりと見ており、だからこそ積極的に「心あてに」歌を贈ったという経緯が、この一文から読み取れるのである。

その後、源氏はここに初登場した乳母子の惟光に導かれて、当初の目的であった大弐の乳母宅へと入っていった。その行動は夕顔の宿側にはわからないことなのであろうか。本文を読む限り、特に源氏はそのことを隠蔽しようとはしていないので、知られないようにこっそり立ち回っているとは読めないのだが、いかがであろうか。

4　惟光の垣間見

ところで夕顔巻にはもう一つ、看過できない垣間見が存する。それは惟光による垣間見である。前述のように従来の垣間見論では、恋物語展開の契機として主要人物による垣間見ばかりが重視されてきたために、惟光の垣間見などはまったく問題にされなかったのだが、ここではむしろ惟光の垣間見であることの特徴を考えてみたい。

そもそも惟光による垣間見は、源氏から夕顔の宿の調査を依頼されたことに起因していた。

時々中垣のかいま見しはべるに、げに、若き女どもの透影見えはべり。褶《しびら》だつものかごとばかりひきかけてかしづく人はべるなめり。昨日、夕日のなごりなくさし入りてはべりしに、文書くとてゐてはべりし人の顔こそいとよくはべりしか。もの思へるけはひし

て、ある人々も忍びてうち泣くさまなどなむ、しるく見えはべる。（同143頁）

ここにあるように、惟光は自ら夕顔の宿を垣間見て詳細に報告している。これは今井氏の説かれる方法としての垣間見とは質を異にするものであろう。むしろ主人の依頼を忠実に実行する家司の姿がそこにあった。

なお、ここに用いられている「げに」とは、新編全集の頭注では「隣家の事情を惟光に話して聞かせた者のいうとおりに」（同頁）とあるが、それを聞いている源氏にそのことが理解できるだろうか。むしろここにある「透影」は、源氏が最初に見た「をかしき額つきの透影あまた見えて」（同135頁）を受けているのではないだろうか。また「文書く」人について、同じく頭注では「主人とおぼしき女」（夕顔）と限定している。

注意すべきは、この惟光の詳細な報告にどれほどの信憑性があるかである。もちろん惟光が嘘をついているというのではない。源氏が興味をひくように、多少誇張したり脚色したりしている可能性がないかということである。家の主人の特定にしても、それは惟光の独断なのである。それにもかかわらず鮮明な説明になっているのが、かえって気になるところである。元来垣間見とは、多分に曖昧部分を含んでいたはずだからである。

かつて若紫巻の垣間見を論じた際、私見では惟光は源氏と一緒に垣間見ているわけではないことを主張した。この夕顔巻で惟光は、源氏の依頼を受けて単独で探偵まがいの働きをしている。その惟光の二度目の垣間見は、「まことや、かの惟光が預りのかいま見はいとよく案内見取りて申す」（同149頁）とやや滑稽に語り出されている。やはり従来の垣間見とはかけ離れた印象を受けるが、これも家司階級の惟光だからであろうか。それはともかく、

一日《ひとひ》、前駆追ひて渡る車のはべりしをのぞきて、童べの急ぎて、「右近の君こそ、まづ物見たまへ。中将殿こそこれより渡りたまひぬれ」と言へば、またよろしき大人出で来て、「あなかま」と手かくものから、「いかでさは知るぞ、いで見む」とて、（同頁）

以下、非常に詳細な報告がなされている。

「君は御直衣姿にて、御随身どももありし。なにがし、くれがし」と数へしは、頭中将の随身、その小舎人童をなんしるしに言ひはべりし」など聞こゆれば、（同頁）

この惟光の報告で留意すべきは、夕顔の宿の状況は最初と変わらず、やはりここでも宿側から外を覗いている点である。実は惟光の報告の中に、「南の半蔀ある長屋に渡り来つつ、

車の音すれば、若き者どものののぞきなどすべかめるに」（同頁）とあり、前を通る牛車に反応して覗いていたことが明らかにされている。これは源氏の場合も同様であったろう。ただし今回は双方ののぞきっこではない。惟光は夕顔の宿に気づかれないように、滑稽なほど用心して垣間見ているに違いない。この場合は、惟光が優位に立っている垣間見と言えそうである。

加えて看過できないのは、惟光の報告に「言へば・言ひ」とあることで顕著なように、夕顔の宿側の会話が確実に惟光に聞こえていることである。という以上に、ここでは視覚よりも聴覚の方が重要であった。惟光が垣間見している中垣からの距離は不明であるが、状況は牛車の中にいた源氏とさほど変わるまい。そうなると、惟光にこれだけ女性の声が聞こえるのであるから、源氏の声もやはり同じように夕顔の宿側に聞こえていたと考えていいはずである（惟光は特別に耳がいいのであろうか）。従来このことが問題視されたことはなかったようであるが、惟光の垣間見における聴覚の例は、前述の若菜上巻の例と同様に、源氏の垣間見の基準としても活用できるはずである。

まとめ

以上のように、垣間見における聴覚の重要性を確認したところで、会話の内容、特に頭中将についての話題についてさらに検討したい。

夕顔の宿側の会話は、すべて惟光が耳にしたものを源氏に報告しているわけだから、前述のようにそこに惟光の誇張や情報操作がないとは言い切れない。それでも興味深いのは、帚木巻における「雨夜の品定め」で頭中将が語った常夏の女の話を知らないはずの惟光の口から、「中将殿」つまり頭中将の情報が告げられている点である。

はたしてこれは偶然の面白さなのであろうか。頭中将との関わりについて、惟光はどの程度事情を知っているのであろうか。少なくとも惟光は、夕顔の宿側から発言された「中将殿」という言葉を耳にしており、また頭中将の随身や小舎人童の名前について話されたことを聞いたことで、夕顔の宿の主人が源氏の親友の頭中将とかかわりがある女性だということくらいは察知したであろう。その惟光の報告を聞いた源氏は大いに驚いて、「たしかにその車を見まし」(150頁)と言っているのだから、そこまではまず問題あるまい。

しかしここでもたらされた情報を、常夏の女と結びつけられるのは、常識的には源氏だけのはずである。だから源氏はここで二つの情報を統括することで、「もしかのあはれに忘れざりし人にや」(同頁)と類推することができたのである。しかし惟光はその源氏の内面までは見通せず、ただ源氏の「いと知らまほしげなる御気色」(同頁)を見て、さらに自ら如才のない手配の顛末を語っているのである。ここは源氏がどこまで情報を惟光に伝えているかで、物語の読みが異なってくるところである。

それはさておき、惟光の巧みな話術によって異常なまでの興味を抱かされた源氏は、早速、「尼君のとぶらひにものせんついでに、かいま見させよ」（同頁）と乗り気になっている。(4)その後実際に垣間見が行われたかどうかは不明であるが、この源氏の発言はどうやら『落窪物語』における道頼の、「まづかいば見をせさせよ」（新大系22頁）を踏まえているらしい。源氏の乳母子惟光が道頼の乳母子惟成同様に「私の懸想もいとよくして」いる点も、『落窪物語』の引用であろう。

この話のその後の顛末については、「このほどのことくだくだしければ、例のもらしつ」（夕顔巻150頁）と省略されている。こうしてみると夕顔との恋物語展開には、源氏の垣間見よりも惟光の垣間見による情報提供の方が、より重要であったと言えるのではないだろうか。空蟬への仲介では小君を起用して不首尾に終わった源氏であったが、夕顔の場合は惟光を起用したことで、見事に成功している。それが続く若紫巻以降における惟光の役割の重要性を増すことにつながっているのであろう。

そういった意味でも、夕顔巻における惟光の垣間見は、決して軽視できないものであった。そう考えると垣間見論にはまだまだ再考の余地が残されているようである。

第六章　若紫巻の「垣間見」

1　『伊勢物語』の「垣間見」再検討

方法としての「垣間見」は、必ずしもこれまでの研究によって完全に究明されているとは言いがたい点がある。それに関しては空蝉巻を例にして論じたが（本書第四章）、本稿では有名な若紫巻における「垣間見」を取り上げ[1]、従来とはやや異なる解釈を提示してみたい。

若紫巻の垣間見は、明らかに『伊勢物語』初段の引用であるが、ここで再確認の意味を含めて、両者の比較を行っておきたい。『伊勢物語』については、既に本書第三章で考察しているのでやや重複することになるが、その初段は、元服した昔男が奈良へ狩に来て姉妹を発見するものであり、

その里に、いとなまめいたる女はらから住みけり。このおとこ、かいまみてけり。おもほえず、古里にいとはしたなくてありければ、心地まどひにけり。おとこの着たりける

狩衣の裾を切りて、歌を書きてやる。そのおとこ、しのぶずりの狩衣をなむ着たりける。（新大系79頁）

と描写されている。一般的には垣間見を契機として、垣間見た男と垣間見られた女とが結ばれる（見ることが所有することへと発展する）という恋愛物語が展開すると考えられているようである。『うつほ物語』の兼雅（若小君）・『落窪物語』の道頼・『夜の寝覚』の男君などは、垣間見が恋物語と直結している例である。しかしながら短篇物語たる『伊勢物語』の初段においては、もちろんその後の男女の恋物語を推測することはできるものの、垣間見場面だけで終結・閉塞してしまっており、決して恋物語的展開には至っていないことをまず確認しておきたい。

そのためもあって初段の垣間見は、垣間見る昔男の目もテレビカメラ的な役割を果たしておらず、昔男の見た女はらからの描写は一切なされていない（女の声も聞こえてこない）。本文中の「いとなまめいたる女はらから」は、既に垣間見る以前に提供されている情報である。「古里にいとはしたなくてありければ」という抽象的な表現だけでは、読者は視覚的に姉妹の美しさはもとより、二人の女性の差異さえ判断できないのである（男との関係も未詳）。もともとこの姉妹は同化しているのかもしれないが、そういった曖昧さゆえに「女はらから」が二人なのか一人なのかといった議論も誘発されるわけである。むしろここでは、垣間見ている男の方こそが具体的かつ詳細に描出されていた。どうやら『伊勢物語』は、垣間見る男の「いちはやきみやび」に主眼があり、垣間見られる女性の様子を読者に知らせようという意図はなさそうである。垣間見という男の行為にしても、ほとんど緊張感は伝わってこない。こうなると『伊勢物語』の垣間見は、最初から異質な設定ということになってくるのではないだろうか（読者は昔男の視点に同化もしない）。

その中にあって「女はらから」、つまり二人の女性を同時に垣間見るという設定は、『源氏物語』における垣間見に最も大きな影響を与えていると考えられている。例えば橋姫巻の垣間見では、薫が宇治八宮の大君と中の君の二人（まさしく女はらから）を見ており、やはり『伊勢物語』のパロディであることは一目瞭然であった。また薫にしても、垣間見た姉妹のどちらとも結ばれておらず、その点にも『伊勢物語』の解釈が表出しているようである。竹河巻の垣間見も同様であり、玉鬘の大君・中の君の二人（やはり女はらから）は蔵人少将に垣間見られているけれども、だからといって決して恋物語が展開することはなかった。むしろここでは蔵人少将のテレビカメラ的な視線を通して、姉妹の美しさが描写されているのである。

それに対して空蝉巻の垣間見は、姉妹が継母（空蝉）・継子（軒端の荻）に変容しているわけだが（これもパロディ）、その直後に源氏は軒端の荻と関係を持っている。この場合、確かに源氏は垣間見た女性二人と関係を持っていることになる。しかし空蝉とは、垣間見以前に既に結ばれていた。また軒端の荻については、それが人違いだったこともあって、以後の展開はやはり閉塞していると言わざるをえない（これも『源氏物語』の『伊勢物語』解釈か）。土方洋一氏は、「碁の勝負に軒端の荻が負けたので、この夜彼女が光源氏と契る運命が決せられた」（「岐路の場面―空蝉の場合―」日本文学35―8・昭和61年8月）という興味深い読みを提案されている。また「見ること＝所有といった単一の論理で物語が展開してゆく段階はとうに終わっている」（同頁）とも述べておられる。ただし垣間見の論理の史的展開は必ずしも論証されているわけではない。こうなると『源氏物語』における垣間見の多くは、恋物語展開の契機たりえていないことになりそうである。この点もきちんと認識しておきたい。

2　若紫巻の「垣間見」再検討

さて問題の若紫巻は、空蝉巻以上に極端な垣間見となっている。というのも、垣間見に登場する二人の女性は、源氏の期待に反して最初から恋愛不可能な人物設定になっているからである。それは次のように描写されている。

惟光朝臣とのぞきたまへば、ただこの西面にしも、持仏するゐたてまつりて行ふ尼なりけ

絵入源氏物語　若紫巻

り。簾すこし上げて、花奉るめり。中の柱に寄りゐて、脇息の上に経を置きて、いとなやましげに読みゐたる尼君、ただ人と見えず。四十余ばかりにて、いと白うあてに痩せたれど、つらつきふくらかに、まみのほど、髪のうつくしげにそがれたる末も、なかなか長きよりもこよなういまめかしきものかなとあはれに見たまふ。（新編全集一205頁）

最初に源氏の目がとらえたのは尼君であった。「なりけり」という文末表現については、新編全集の脚注二二に「尼君の存在に気づいて驚く気持である」（同頁）とある。しかし、ここは単に気が付いて驚いているだけではなく、期待した垣間見が、予想に反したものとなったことに対する驚きも含まれているに違いない。もちろん老女というだけなら源典侍の例もあるが、それが出家した尼君とあっては、その後の恋物語展開など望むべくもなかろう。これは滑稽味さえ感じられる展開なのである。それにもかかわらず、源氏は失望するどころか、その尼君を「ただ人と見えず」と凝視しており、かえって強い関心を示している。しかも源氏は、その尼君の年齢を「四十余」と推定した上で、舐《な》めるような視線で尼君の美的特徴を点検している。若い源氏が、四十歳を超えた尼姿の女性にこれほどの関心を示すのは、どう考えても尋常ではあるまい。

その極めつけは髪に関する描写である。もちろん当時の女性は、出家したからといって必ずしも剃髪していたとは限らないが、ここではっきりと「そがれたる」と記されているので尼削ぎと見て間違いあるまい。一般に平安朝の女性の髪は、長いほど美しさが増すとされている。それにもかかわらず源氏が、「なかなか長きよりもこよなういまめかしきものかな」と正反対の感想を漏らしているのは、どうにも理解に苦しむ（「いまめかし」の誤用？）。この点に関して、きちんとコメントしている注釈書が見当たらないのは何故であろうか。それは、源氏を変態扱いすることを意識的に避けているからなのかもしれない。

その次に登場するのが紫の上であるが、やはり「十ばかり」の女童《めのわらわ》という特異な設定になっている。

中に、十ばかりやあらむと見えて、白き衣、山吹などの萎《な》えたる着て走り来たる女子、あまた見えつる子どもに似るべうもあらず、いみじく生ひ先見えてうつくしげなる容貌なり。髪は扇をひろげたるやうにゆらゆらとして、顔はいと赤くすりなして立てり。

（同206頁）

この女童というのは必ずしも子供ではなく、『落窪物語』のあこきなど、女童でありながら帯刀と夫婦関係を結んでいた。しかしここでは源氏自らが紫の上の年齢を「十ばかり」と判断しているのだから、仮にそれが源氏の誤認であったとしても、恋物語が展開する余地はあるまい。まして「走り来たる」に注目すれば、成人女性が走るはずもないし(2)、また走る女性に普通の男性が恋心を抱くとは到底思われない。これに関して三谷邦明氏は、「光源氏が覗いたのは、「尼君」と「女子《をむなご》」の二人であり、共に性的対象ではないのである。性的な要素の皆無な女性を垣間見しているという点で、光源氏は業平より劣る、滑稽で〈をこ〉な色好みである。この場面は、伊勢物語初段の垣間見を引用することで、初段をパロディ化し、光源氏の滑稽さを強調していたのである」（「源氏物語の〈語り〉と〈言説〉」『源氏物語の〈語り〉と〈言説〉』有精堂・平成6年10月）と分析しておられる。そうなると、たとえ紫の上の「生ひ先」が楽しみだとしても、この時点では恋愛不可能な女童（髪型も衣装も眉も）に源氏がこれほど執着しているのは、やはり異常と見るべきではないだろうか。

こうして若紫巻の垣間見は、『伊勢物語』の極端なパロディ（解釈）として、恋愛可能範囲を上と下に超えた二人の女性（片や四十過ぎ、片や十ばかり）が設定されていることになる。そのどちらに主眼が置かれているのか、必ずしも明確とは言いがたい（描写の順序からすれば後に紹介される紫の上の方が上位か）。当然スムーズな恋物語は展開しないのであるが、しかし『伊勢物語』と違って、決してそれだけでは終息していない。物語は垣間見という方法を踏襲しつつも、そこに紫の上が藤壺の姪であるという新たな要素（紫のゆかり）を付与することによって、垣間見のさらなるバリエーションを開拓しているからである。同様のことは原岡文子氏も、「いとけなき童女を、藤壺との面差しの相似故に手許に引き取って心の慰めとしたいとの思いは、「もののけ」に憑かれたとでも言うより他ない異様な情動に衝き動かされてのものであった」（「若紫の巻をめぐって—藤壺の影—」『源氏物語両義の糸』有精堂・平成3年1月）と述べておられる。

肝心の源氏は、垣間見た二人の女性について、「尼君の見上げたるに、すこしおぼえたるところあれば、子なめりと見たまふ」（同頁）とあるように、両者の容貌の類似を根拠として、二人を母娘と判断している。後に両者は祖母と孫娘であることが明かされるが、三十程の年齢差のある二人を親子と見たとしても、それほど大きな錯誤ではあるまい。しかしながら、ともに恋愛対象外であるにもかかわらず、源氏がこの二人の女性に異常な執着を示していることについては、もう少し深く考えてみる必要がありそうだ。

実のところ両女性に対する源氏の視線は、案外類型的であった。まず年齢を「四十余ばかり」「十ばかり」とあげ、次にその容貌を述べ、三番目に髪の特徴を指摘している。容貌に関しては、尼君は「つらつきふくらかに」とあり、紫の上は「つらつきいとらうたげに」とあり、ともに「つらつき」（顔）を問題にしている点も類似している。また尼君の「まみのほど」に対して、紫の上の「眉のわたりうちけぶり」が対応しており、ほとんど同じ視点で見ていることがわかる。髪についても、尼君が「うつくしげにそがれたる末」とあり、紫の上は「扇をひろげたるやうにゆらゆらとして」と描写されているのである。

この髪型について、おそらくこれまでほとんど注目されたことはなかったようであるが、実は両者の髪型は相似型なのではないだろうか。尼君の髪型は、前述のように尼削ぎと見て間違いあるまい。一方の紫の上は、一般的な童の髪型たる禿《かむろ》とされている。これが現代のおかっぱに近いとすれば、尼削ぎとの差異は前髪を切り揃えているか否かだけになってしまう。『枕草子』の「うつくしきもの」章段に「頭はあまそぎなるちごの、目に髪のおほへるを」（新編全集271頁）とあることや、袴着を控えた明石姫君が「この春より生ほす御髪、尼のほどにてゆらゆらとめでたく」（薄雲巻二433頁）と描写されていることも参考になろう。全体は尼姿と童姿、髪は相似（ともに成人女性の範疇外）、おまけに顔まで似ているとあれば、両者が意図的に相似形として構成されていることは明らかであろう。しかしながら両者の容貌は、源氏によって母娘と想定（誤解）されているにもかかわらず、「すこしおぼえたる」とだけあって、決して積極的にそっくりであるとは書かれていないことに留意しておきたい。それは、おそらく次に比較すべきもう一人の潜在的女性―藤壺―との類似を強調するための配慮（仕掛け）ではないだろうか。

　藤壺と紫の上の類似は、「限りなう心を尽くしきこゆる人にいとよう似たてまつれる」（同207頁）とあり、「すこし」どころか「いとよう」と強調されている。藤壺は紫の上の父親である兵部卿宮の妹であるから、基本的には母方の祖母の血とは別物（祖母尼君と藤壺は似ていない？）とすべきであろう。(3)もっとも祖母と孫は二親等、叔母と姪は三親等であるから、尼君の方が血はずっと濃いはずである。しかし紫の上と祖母の容貌がそっくりでは、藤壺との類似（紫のゆかりの構想）が効果的ではなくなってしまうので、ここではあえて「すこし」の類似にとどめているのであろう。その証拠に、藤壺との類似については「ただかの心尽くしきこゆる人に違ふところなくもなりゆくかな」（二葵巻68頁）と繰り返されているのに対して、尼君との類似は、尼君がこの後すぐに死去することもあって、再び繰り返されることはなかった。ただし外面的には祖母と相似であり、藤壺とは髪型も眉も衣装も異なっているのだから、両者の類似は具体的には指摘できそうもない。これは直観的なあるいは運命的な類似ということになろう(4)。

若紫巻の垣間見には、こういった独自性(バリエーション)が付与されていたのである。

3 「垣間見」と「垣間聞き」

続いて、垣間見に聴覚的要素が多分に含まれていることを検証してみたい。従来までの垣間見論では、当然のこととして視覚面が重視されていたため、付帯的な聴覚はそれほど問題にされてこなかった。むしろ否定的でさえあったと言えよう。例えば高橋亨氏は、「現実的な距離関係からいえば、尼君と少女、そしてその脇にいる女房たちの声が、光源氏に聞こえたかどうか疑わしい。王朝女性たちの高貴さは、かそけき声によって示されていたはずである」(「物語文学のまなざしと空間―源氏物語の〈かいま見〉」『物語と絵の遠近法』ぺりかん社・平成3年9月)と述べておられる。しかしながら垣間見は、さほど遠くない距離で行われるものであるから、必然的に垣間見られている人物の声(会話)や物音までもが、垣間見ている人物の耳に聞こえてくるのである。

その垣間見と立ち聞き(垣間聞き?)を最も効果的に用いているのは、おそらく『落窪物語』であろう(本書第二章)。男主人公の少将が、落窪の君とあこきの二人を垣間見ている場面(これも『伊勢物語』のパロディ）では、突然照明（灯火）が消え、続いて闇の中から姫君の声が聞こえてくる。

かしらつき、髪のかかりば、いとをかしげなり、と見るほどに火消えぬ。くちをしと思ほしけれど、ついには、とおぼしなす。「あな暗のわざや。人ありと言ひつるを、早、いね」と言ふ声もいといみじくあてはかなり。（新大系23頁）

要するにこの垣間見において、少将は視覚と聴覚の両面から落窪の君の美質を見聞しているのである。なおこの声に関して、新大系には「垣間見は立ち聞きの場面でもある」という脚注が施されているが、この場合は垣間見から立ち聞きに推移（描き分け）しているわけであるから、両者は決して同時進行ではなかった。

空蝉巻の垣間見においても、視覚のみならず聴覚が有効に機能している。灯火によって空蝉と軒端の荻が照らし出されているのは、おそらく『落窪物語』を引用しているからであろう（「灯火」も垣間見の重要な小道具）。源氏が一わたりその二人を垣間見たところで、ちょうど都合のいいことに碁の勝負が終了し、そのために今度は二人の会話が聞こえてくる。

碁打ちはてて結さすわたり、心とげに見えてきはぎわとさうどけば、奥の人はいと静かにのどめて、「待ちたまへや。そこは持にこそあらめ、このわたりの劫《こふ》をこそ」など言へど、「いで、この度は負けにけり。隅の所どころ、いでいで」と指をかがめて、「十、二十、三十、四十」など数ふるさま、伊予の湯桁もたどたどしかるまじう見ゆ。（空蟬巻121頁）

末尾部分は「見ゆ」と視覚で締めくくってあるものの、源氏はただ視覚だけで判断しているのではあるまい。空蟬の場合はともかくとして、軒端の荻などは単に指で数える動作を見ているのではなく、音声を伴っていなければ「伊予の湯桁もたどたどしかるまじ」という感想は生じないのではないだろうか（本書第四章）。

次に必ずしも垣間見というわけではないが、夕顔巻における随身と源氏のやりとりについて考えてみたい（本書第五章）。

「をちかた人にもの申す」と独りごちたまふを、御随身ついゐて、「かの白く咲けるをなむ、夕顔と申しはべる。花の名は人めきて、かうあやしき垣根になん咲きはべりける」と申す。（夕顔巻136頁）

ここは源氏の独り言（引歌）を聞いた随身が、それにすばやく反応して答えた部分であり、教養ある随身の面目躍如といったところであろうか。しかしながら源氏の問いは「をちかた人」（遠方人）に対して発せられたのであって、決してすぐそばに控えている随身に向けられたものではなかった。この点を重視すれば、空間的に聞こえる距離かどうかは問題であるものの、源氏は夕顔の宿に向かって問いかけていると考えることもできる。(5) もともとこの場面の前には「をかしき額つきの透影あまた見えてのぞく」（135頁）とあり、源氏は夕顔の宿側から垣間見られていることを十分意識していたのであった（垣間見の逆転現象）。もしこのような仮説が可能ならば、これに続く夕顔の宿側の対応も、源氏の問いかけに対する答えとしてすんなり理解できるかもしれない。

それに比べて若紫巻の垣間見はどうであろうか。源氏の垣間見が打ち切られるのは、突然僧都がやってきて簾が下ろされたためであるが、その後に、僧都による源氏賛美が、

「この世にののしりたまふ光る源氏、かかるついでに見たてまつりたまはんや。世を棄てたる法師の心地にも、いみじう世の愁へ忘れ、齢のぶる人の御ありさまなり。いで御消息聞こえん」とて立つ音のすれば帰りたまひぬ。（209頁）

とある。ここでの源氏は、見えないながらも僧都の声と「立つ音」を聞いて、それに敏感に反応しているのである（僧都の場合は特に声も足音も大きかったのかもしれない）。これ以前が聴覚なしの垣間見であれば、まさに『落窪物語』の構造と一致するわけだが、どうも若紫巻は空蝉巻や夕顔巻と同様に、垣間見と垣間聞きが同時並行的に行われていたようである。

例えば「いとなやましげに読みゐたる」とあるところなど、決して視覚だけで判断しているわけではなく、尼君の声も源氏の耳に届いているのではないだろうか。また、

・尼君「何ごとぞや、童べと腹立ちたまへるか」

・紫の上「雀の子を犬君が逃がしつる。伏籠の中に籠めたりつるものを」

・大人「例の、心なしのかかるわざをしてさいなまるるこそいと心づきなけれ。いづ方へかまかりぬる。いとをかしうやうやうなりつるものを。烏などもこそ見つくれ」

・尼君「いで、あな幼や。言ふかひなうものしたまふかな。おのがかく今日明日におぼゆる命をば何とも思したらで、雀慕ひたまふほどよ。罪得ることぞと常に聞こゆるを、心憂く」

・尼君「こちや」と言へばついゐたり。（若紫巻207頁）

などの一連の会話も、読者にだけ与えられている情報というのではあるまい。むしろ読者は垣間見の手法と同様に、源氏の耳に同化して、源氏と共にそれを聞いているとすべきであろう。そのことは後に源氏が紫の上のことを詠んだ、

・はつ草の若葉のうへを見つるより旅寝の袖もつゆぞかわかぬ（216頁）

歌によって明白になる。この源氏の歌を見た尼君が、

「さるにては、かの若草を、いかで聞いたまへるぞ」とさまざまあやしきに心乱れて、（同頁）

と不審がっているのは、源氏の歌の中に垣間見場面で聞いた、

・生ひ立たむありかも知らぬ若草をおくらす露ぞ消えんそらなき（208頁）

・初草の生ひゆく末も知らぬ間にいかでか露の消えんとすらん（同頁）

という女房との贈答の内容（表現）が踏まえられていたからである。これに関して新編全集の頭注七には、「源氏にのぞき見られたことを知らない尼君は、「初草の…」の歌が自分と女房との例の歌を受けているので、不審に思う」（一216頁）と記されている。もしそうであれば、間違いなく尼君達の声が源氏に聞こえていたことになろう（歌は詠じられた）。しかもそのことは、後に源氏が「「消えんそらなき」とありし夕」（239頁）を思い出していることによっても明らかであった。源氏は疑いなく詠まれた歌を耳にしていたのである。

その後で僧都に僧坊へ招かれた際も、源氏は垣間見の一件を想起している。

かのまだ見ぬ人々にことごとしう言ひ聞かせつるをつつましう思せど、あはれなりつるありさまもいぶかしくておはしぬ。（211頁）

この「あはれなりつるありさま」とは、垣間見直後の「あはれなる人を見つるかな」（171頁）の繰り返しであろう。そうすると「かのまだ見ぬ人々にことごとしう言ひ聞かせつる」というのは、簾が下ろされた後に僧都が語った、

この世にののしりたまふ光る源氏、かかるついでに見たてまつりたまはんや。世を棄て

たる法師の心地にも、いみじう世の愁へ忘れ、齢のぶる人の御ありさまなり。（209頁）

を受けていることになる。これによっても、僧都の発言が源氏に聞こえていたことが自ずから証明されるわけである。

しかしながら、それでは垣間見場面における会話や音が全て源氏の耳に聞こえていたかというと、必ずしもそうとは言い切れない。野分巻では、「「いとうたて、あわたたしき風なめり。御格子おろしてよ。男どもあるらむを、あらはにもこそあれ」と聞こえたまふを、また寄りて見れば、もの聞こえて、大臣もほほ笑みて、見たてまつりたまふ」（三266頁）とあり、夕霧の耳に源氏の声は明確に聞こえているが、紫の上の声は「もの聞こえて」とだけあって、何をしゃべったのかはわからないようである（本書第七章）。また尼君が紫の上に向かって、

故姫君は、十ばかりにて殿に遅れたまひしほど、いみじうものは思ひ知りたまへりしぞかし。（208頁）

と語っているところがある。これが源氏にも聞こえていたならば、二人が母・娘ではなく祖

母・孫であろうことは容易に察せられるはずである。それにもかかわらず源氏は、僧都にそのことを詳細に尋ねている。その際、「かの大納言の御むすめものしたまふと聞きたまへしは」(174頁)などと鎌を掛けているのは、この時点でまだ紫の上を尼君の娘と思っているからではないだろうか(もちろん知らないふりをしている可能性もある)。そうなると垣間見と同様に、垣間聞きにも限界があることになる。発話者の声の大小(僧都の声は大きい)や方向・距離などを考慮して、必ずしも全ての聴覚情報が源氏に与えられているわけではないことも確認しておきたい。もちろん読者には全て聞こえているのだが。

4　紅葉賀巻の若紫巻「垣間見」引用

ところで、紫の上の発言中に登場している犬君(紫の上の乳母子?)は、後の紅葉賀巻に再登場しているが、そこでもやはり人形をこわすという失態をしでかしたことになっている。

「儺やらふとて、犬君がこれをこぼちはべりにければ、つくろひはべるぞ」とて、いと大事と思いたり。「げに、いと心なき人のしわざにもはべるなるかな。いまつくろはせはべらむ。今日は言忌して、な泣いたまひそ」とて、出でたまふ気色ところせきを、(321頁)

結局のところこの犬君は、紫の上の会話中にしか登場しない不思議な人物である。新編全集の頭注には、「若紫巻にもこの名はみえるが、同一人物かどうかは不明」（二紅葉賀巻321頁）とある。新たに雇い入れた女童に同じ「犬君」という呼び名を与えることは可能であろう。

ここでは光源氏が「げに、いと心なき人のしわざにもはべるなるかな」と言っている点に留意したい。この「げに」は、もちろん描かれざる部分で源氏が犬君の粗忽さを見聞しているとも考えられるのであるが、普通に読めば例の若紫巻の垣間見場面を受けていることになろう。それのみならず「心なき人のしわざ」という表現にしても、若紫巻において「ゐたる大人」（少納言の乳母か）が口にした、「例の、心なしのかかるわざをしてさいなまるるこそいと心づきなけれ」（一169頁）を踏まえているとは考えられないだろうか。ちなみ若紫巻の「心なし」は特殊な名詞的用法であるが、形容詞としては『源氏物語』に10例認められる。その他、類似語としては「心なかり」1例、「心なげなり」1例、「なま心なし」1例、「ふた心なかり」1例、「ふた心なし」3例もあるが、全体としても用例数は少ない。その中で特定の人物の性格として用いられているのはこの犬君だけなので、やはり意図的な用法と見てよさそうである。

そうなると源氏は、若紫巻の垣間見場面を念頭に置きつつ、戯れにその折に発せられた（耳にした）「心なし」・「しわざ」という印象的な表現を口にしているのではないだろうか。またその垣間見場面で紫の上が、「顔はいと赤くすりなして立てり」と泣き顔であったことを意識するからこそ、「今日は言忌して、な泣いたまひそ」とわざわざ泣かないように注意しているのではないだろうか。もっとも紫の上は、源氏が若紫巻と重ね合わせていることには一切気付いていない。もちろん源氏が垣間見（垣間聞き）していたことは紫の上側には知られていないのだし、幼い紫の上にそういった敏感さを求めるのも無理な話であろう。しかし紅葉賀巻の源氏が若紫巻の垣間見を意識していることは、次の本文からも十分うかがえるのである。紫の上は引歌を口にしてすねている。

端の方についゐて、「こちや」とのたまへどおどろかず、「入りぬる磯の」と口すさびて口おほひしたまへるさま、いみじうされてうつくし。（331頁）

ここでは「ついゐて」と「こちや」に注目してみたい。というのも、若紫巻の垣間見場面にも「「こちや」と言へばついゐたり」（207頁）と類似した表現が用いられていたからである。もちろん若紫巻では、尼君が「こちや」と言ったのに反応して紫の上がすわっている。一方の紅葉賀巻では、源氏自身がすわって紫の上に「こちや」と言っているので、事情はかなり異なっていることになる。それにしても相手が紫の上で共通していることを重視したい。

試みに『源氏物語』における「こちや」の用例を調べてみたところ、若紫巻と紅葉賀巻の2例以外に用例がないことがわかった。「こち」だけなら他に4例用いられている。しかもそのうちの1例は若紫巻に用いられており、やはり「宮にあらねど、また思し放つべうもあらず、こち」(242頁)とあるように源氏が紫の上に呼びかけている。また「ついゐる」の方は、前掲の夕顔巻の随身の用例を含めて『源氏物語』に15例認められるので、必ずしも特殊表現とは言えないものの、「こちや」と対になっている例は他に見当たらないのである。そうなるとここは単に物語が連続(進行)しているというのではなく、紅葉賀巻の源氏が若紫巻において垣間聞いた尼君の発言を意識した上で、戯れに尼君(後見人)になったつもりで紫の上に「こちや」と呼びかけているとは考えられないだろうか。その他、葵巻において「君の御髪は我削がむ」(二27頁)と言って源氏が紫の上の髪を削いでいるのも、若紫巻における垣間見場面における「梳ることをうるさがりたまへど、をかしの御髪や」(207頁)という尼君の所作と一脈通じているのではないだろうか。垣間見た源氏は、自分自身を舞台の役者(尼君)と同化させているのであろう。

残念なことに、ここでも紫の上の反応はなく、源氏による若紫巻の垣間見引用(再現)は一方的なものでしかなかった。それは自ずから紫の上の幼さを浮き彫りにするのみならず、源氏の垣間見(垣間聞き)が共有されることのない閉ざされた情報でしかないことをも再確認させることになる。

もう一例、紫の上の衣装に関して提示してみたい。祖母尼君の服喪期間が過ぎた後、紫の上は喪服を脱いで、

親もなくて生ひ出でたまひしかば、まばゆき色にはあらで、紅、紫、山吹の地のかぎり織れる御小袿などを着たまへるさま、いみじうをかしげなり。（320頁）

と着替えている。その衣装は紅・紫・山吹色の小袿などであった。紫の上は桜の印象が強いこともあって、この部分に関して注釈書類ではほとんど看過されているようだが、萩原広道の『源氏物語評釈』には「これ源氏の御用意なるべし」とあり、源氏が準備した衣装と見ている。加えて『源氏物語』における山吹の衣装（春に着用）は、特に第一部では紫の上と玉鬘の二人に意図的に用いられているものであった（童の衣服に多い点、むしろ非高貴性を象徴していることになる）。その山吹を源氏があえて選んだとすれば、それは単なる祖母尼君に対する配慮というのではなく、若紫巻の垣間見場面における「白き衣、山吹などの萎えたる着て走り来たる女子」（206頁）という紫の上の最初の印象を念頭においての選択（再現）と解釈すべきではないだろうか。残念なことに、それに対する少納言や紫の上の反応はここでも一切認められな

い。藤壺のゆかりということも含めて、垣間見に由来する両者（見た側と見られた側）の意識のずれを読むことは、紫の上論において重要ではないだろうか。

まとめ

以上、総合的な垣間見再検討の一環として、本稿では若紫巻における垣間見を取り上げ、多角的に分析してみた。その結果、尼君と紫の上という垣間見られる人物設定の特異性、垣間見に伴う聴覚（垣間聞き）の重要性、紅葉賀巻における若紫巻の垣間見場面引用（再現）、垣間見る側と垣間見られる側の情報の相違によるズレなど、従来ほとんど言及されていなかった点がいくつか浮き彫りになってきた。こういった面が加味されることによって、垣間見論はより一層深化するのではないだろうか。

このような見通しがあながち的外れでないとすれば、橋姫巻などの垣間見についても同様のことが言えることになる(6)。また垣間見論以外の継子譚等に関しても、紫の上物語の背後には藤壺のゆかりという『源氏物語』特有の構想が見え隠れしているので、それによってきちんと機能できないという側面も存するようである。垣間見の再検討は、もう少し継続して行ってみなければなるまい。

第七章　夕霧の六条院「垣間見」

1　夕霧の役割

六条院は光源氏三十五歳の秋に完成し、秋好中宮の入居を契機にして紫の上との春秋優劣論争が展開されている。それからちょうど一年が経過し、再び六条院に秋が巡ってきた。しかしながら二度目の秋の盛りは、「八月は故前坊の御忌月なれば」（新編全集野分巻263頁）とあるように、秋好中宮の父が亡くなられた月と設定されている。もともと秋好が四季の中から秋を選択したのは、

げにいつとなき中に、あやしと聞きし夕こそ、はかなう消えたまひにし露のよすがにも思ひたまへられぬべけれ。（薄雲巻462頁）

とあるように、母六条御息所の亡くなった季節だからであった。ただし六条御息所がいつ亡

くなったかは明確ではない。そのため新編全集澪標巻の「雪、霙《みぞれ》かき乱れ荒るる日」（315頁）の頭注には、「厳冬のころ。後続の「降りみだれ…」の歌が御息所死後の四十九日に近いとすれば、御息所の死は初冬ごろとみられる」と記されている。ここではそこに父の忌月であることが補完されたことになる。秋好にとっての秋は優劣を論じるものではなく、父母の供養をすべき季節だったのである。その亡父か故御息所の霊が戻ってきたのか、

野分例の年よりもおどろおどろしく、空の色変りて吹き出づ。（野分巻264頁）

と野分（暴風）が吹き荒れる。三田村雅子氏は「六条院の地霊・家霊というべき前坊と六条御息所の霊の発動としての荒《すさ》みであるという印象を強めている」と述べておられる（「〈風〉の圏域」『源氏物語感覚の論理』有精堂・平成8年3月）。何故この年だけ猛威を振るったのかは未詳だが、さしもの六条院も自然の猛威には為す術もなかった。

ところで野分というと、真っ先に桐壺巻の野分章段が想起される。桐壺巻の野分は、亡くなった桐壺更衣への悲しみの心象風景として機能していた。それ以降は蓬生巻に、

八月、野分荒かりし年、廊どもも倒れ伏し、下の屋どものはかなき板葺なりしなどは骨

のみわづかに残りて、立ちとまる下衆だになし。（蓬生巻329頁）

とあって、末摘花の住む邸がかなりの被害を受けている。もちろん荒廃した風景であることに変わりはない。それに続いて登場するのが、この野分巻である。巻名に野分と冠されているように、野分という自然の驚異が夕霧の垣間見を誘引しており、最も重要な小道具となっていることをまず確認しておきたい。参考までに野分の用例を示しておくと、桐壺巻2例・蓬生巻1例・野分巻2例・藤袴巻1例・御法巻1例の計7例となっている。そのうちの桐壺巻の1例と御法巻は「野分だち」である。

その重要性とは、平生ならば紫の上周辺は警戒厳重で、夕霧を含めた他者に垣間見られることなどありえないのであるが、野分という非常事態によって警戒網が崩れ、しかも後始末のために端近にいるという偶然が重なったことで、千載一遇のチャンスが生じているのである。実はそれに近いことは、既に少女巻において、

上の御方には、御簾の前にだに、もの近うももてなしたまはず、わが御心ならひ、いかに思すにかありけむ、うとうとしければ、御達などもけ遠きを、今日はものの紛れに入り立ちたまへるなめり。舞姫かしづきおろして、妻戸の間に屏風など立てて、かりそめ

のしつらひなるに、やをら寄りてのぞきたまへば、なやましげにて添ひ臥したり。ただかの人の御ほどと見えて、いますこしそびやかに、様体などのことさらび、をかしきところはまさりてさへ見ゆ。暗ければこまかには見えねど、ほどのいとよく思ひ出でらるるさまに、心移るとはなけれど、ただにもあらで、衣の裾を引きならいたまふ。（61頁）

と生じていた。場所は二条院であるが、「ものの紛れ」（五節の舞姫の騒ぎ）に便乗して、夕霧は惟光の娘を垣間見ていたのである。塚原明弘氏は「夕霧による舞姫かいま見は、予想外の危険性を孕んでいたことになる」（「「少女」巻の五節―夕霧のかいま見をめぐって―」『源氏物語ことばの連環』おうふう・平成16年5月）と述べられているが、一見危険そうに見えて実は危険性はほとんど認められない。実際、夕霧は直接行動に出ておらず、手紙のやりとりを通して惟光の娘と結ばれており、垣間見の効果は稀薄になっている。この折は相手が五節の舞姫ということで、必ずしも紫の上への侵犯とは見なされていないようである。それに比べて野分巻の垣間見は大事件であり、あるいは六条院世界崩壊の予兆とも考えられる。その夕霧の垣間見を順を追って分析していこう。

2　夕霧の垣間見　①紫の上

野分の吹き荒れた六条院の南の町を訪れた夕霧は、開いている妻戸から偶然紫の上を垣間見てしまう。

折れ返り、露もとどまるまじく吹き散らすを、すこし端近くて見たまふ。大臣は、姫君の御方におはしますほどに、中将の君参りたまひて、東の渡殿の小障子の上より、妻戸の開きたる隙を何心もなく見入れたまへるに、女房のあまた見ゆれば、立ちとまりて音もせで見る。御屏風も、風のいたく吹きければ、押したたみ寄せたるに、見通しあらはなる廂の御座にゐたまへる人、ものに紛るべくもあらず、気高くきよらに、さとにほふ心地して、春の曙の霞の間より、おもしろき樺桜の咲き乱れたるを見る心地す。あぢきなく、見たてまつるわが顔にも移り来るやうに愛敬はにほひ散りて、またなくめづらしき人の御さまなり。御簾の吹き上げらるるを、人々押へて、いかにしたるにかあらむ、うち笑ひたまへる、いといみじく見ゆ。花どもを心苦しがりて、え見棄てて入りたまはず。御前なる人々も、さまざまにものきよげなる姿どもは見わたさるれど、目移るべくもあらず。（野分巻265頁）

本来ならば紫の上側に垣間見られるような油断はないはずだが、前述したように野分によって結界が綻びたのであろう。当の源氏は娘明石姫君の様子が心配で、そちらに出向いていて留守だった。紫の上にしても奥の方にいれば問題なかったのだが、前栽の草花を心配して端近か（廂）にいたことで、夕霧の垣間見を容易にしている。まして風のために視界を防ぐべき屏風・几帳・御簾も役に立たなかった。そのため夕霧は「風こそげに巌も吹き上げつべきものなりけり」（266頁）と述懐しているが、どうやら寝殿造りの建物は風に弱いようである。

さて夕霧の目に写った紫の上は、その美しさを「春の曙の霞の間より、おもしろき樺桜の咲き乱れたるを見る心地す」と比喩的に形容されている。しかもただの桜ではなく、限定された「樺桜」という珍しい品種にたとえられている。それが用例のほとんどない桜だけに、非常にやっかいである。また紫の上の笑い顔まで目にしているが、ここでは聴覚は機能していないらしく、紫の上の声は聞こえてこない。この紫の上垣間見について、今井源衛氏は、

「見られる者」に副人物も景物も添えず、例の服飾容貌の具象的描写もない。ほとんど象徴的に迄達したところの比喩的方法とでもいうべきであろうか。しかもそれが如何なる写実描写にもまして、読者に対象を実感させるのである。（51頁）

と肯定的に述べておられるが、果たして読者はここから紫の上の容貌を想像できるであろう

か。

初めて見た紫の上の美しさに動揺する夕霧だが、

大臣のいとけ遠くはるかにもてなしたまへるは、かく、見る人ただにはえ思ふまじき御ありさまを、至り深き御心にて、もしかかることもやと思すなりけりと思ふに、けはひ恐ろしうて、立ち去るにぞ、西の御方より、内の御障子ひき開けて渡りたまふ。（266頁）

という父の思慮を思って自制・自重し、その場から立ち去ろうとする。その夕霧の耳に、

いとうたて、あわたたしき風なめり。御格子おろしてよ。男どもあるらむを、あらはにもこそあれ。（同頁）

という源氏の声が聞こえてきた。この声はいかにも夕霧を引き留めるために発せられたようなものである。再び戻った夕霧は、今度は源氏と紫の上の二人を垣間見ることになる。ここは今まで機能していなかった聴覚（源氏の声）が、再度の垣間見の導入（呼び水）となっているわけである。

3　夕霧の垣間見 ②紫の上と源氏

従来の垣間見は、単独にせよ複数にせよ男性が女性を見ることがほとんどであった。紫の上にしても、当初は単独の垣間見だったのだが、そこへ源氏が戻って来たことで、夕霧は男女二人を同時に垣間見ることになる。しかもそのうちの一人は父親であるから、これでは恋物語展開の契機としての垣間見とは質が異なるのではないだろうか。

なお紅葉賀巻で、源氏が源典侍に戯れかかっているところを桐壺帝が、

上は御袿《みうちき》はてて、御障子よりのぞかせたまひけり。似つかはしからぬあはひかなと、いとをかしう思されて、「すき心なしと、常にもて悩むめるを、さはいへど、過ぐさざりけるは」とて笑はせたまへば、（338頁）

と垣間見る場面があるが、この場合は反対に父親が子を見ている例である。

源氏の注意にもかかわらず、格子は急には降ろされなかったので、夕霧は引き続き垣間見ることができた。

もの聞こえて、大臣もほほ笑みて、見たてまつりたまふ。親ともおぼえず、若くきよげになまめきて、いみじき御容貌の盛りなり。女もねびととのひ、飽かぬことなき御さまどもなるを身にしむばかりおぼゆれど、この渡殿の格子も吹き放ちて、立てる所のあらはになれば、恐ろしうて立ち退きぬ。（同頁）

「もの聞こえて」とあるが、二人の会話（睦言）は夕霧の耳に届いていないようである。これは昼間のできごとであるから、見られる側が「あらは」であれば、見る側も当然「あらは」な状態になる。そのため夕霧は発見される（見ていることを悟られる）のを恐れて、再度垣間見を中断している。夕霧が二度も「恐ろし」と感じていることについて、新編全集の頭注には、「源氏と紫の上の様子をかいま見て、禁忌に触れた思い。前にも「けはひ恐ろしうて」とあった」（同頁）と記されている。「禁忌」というのは大げさだが、それは源氏の教育の成果であろうか。しかし身内による垣間見でもあるので、夕霧と紫の上の密通（近親相姦）へと展開する可能性は稀薄ではないだろうか（藤壺の場合、元服前の源氏は御簾の内に入れた）。

夕霧は垣間見ていたことを気づかれないように配慮し、「今参れるやうにうち声づくりて、簀子の方に歩み出で」（同頁）たが、そこは勘のいい源氏であるから、

されればよ、あらはなりつらむ、とてかの妻戸の開きたりけるよ、と今ぞ見とがめたまふ。（同頁）

と、妻戸が開いていることから夕霧に垣間見られたかもしれないと危惧している。「さればよ」とは、先の「御格子おろしてよ。男どもあるらむを、あらはにもこそあれ」を受けたものであろうが、源氏の呼びかけは手遅れだったどころか、かえってその声によって夕霧を呼び戻したのだった。ここに多用されている「あらはなり」は、間違いなく垣間見のキーワードと言えそうである（本書第十一章）。

4　夕霧の垣間見　③玉鬘と源氏

その後、夕霧は源氏から三条宮の大宮への伝言を託され、その夜は祖母大宮の邸に泊まる。翌朝、六条院に戻った夕霧は、秋好中宮の元へ見舞いに訪れる。一方の源氏は明石の君の元を訪れるが、早々に引き上げて玉鬘の元へ出向いている（これが本来の目的だったのであろう）。その二人の姿をまたしても夕霧が垣間見るのであった。

いかでこの御容貌を見てしがなと思ひわたる心にて、隅の間の御簾の、几帳は添ひながらしどけなきを、やをら引き上げて見るに、紛るる物どもも取りやりたれば、いとよく見ゆ。かく戯れたまふけしきのしるきを、あやしのわざや、親子と聞こえながら、かく懐離れず、もの近かべきほどかはと目とまりぬ。見やつけたまはぬと恐ろしけれど、あやしきに心もおどろきて、なほ見れば、柱がくれにすこし側みたまへりつるを引き寄せたまへるに、御髪のなみ寄りて、はらはらとこぼれかかりたるほど、女もいとむつかしく苦しと思ひたまへる気色ながら、さすがにいとなごやかなるさまして寄りかかりたまへるは、ことと馴れ馴れしきにこそあめれ、（279頁）

冒頭は『竹取物語』の「いかでこのかぐや姫を得てしがな見てしがな」の引用であろうか。二日に亘る夕霧の垣間見であるが、玉鬘の場合は偶然ではなく積極的な意志が感じられる。ここでも夕霧は「見やつけたまはぬと恐ろしけれど」と発見されることを恐れているが、親子の狂態に驚いて目は釘付けになっている。(1)

昨日見し御けはひには、け劣りたれど、見るに笑まるるさまは、立ちも並びぬべく見ゆる。八重山吹の咲き乱れたる盛りに露かかれる夕映えぞ、ふと思ひ出でらるる。をりにはあはぬよそへどもなれど、なほうちおぼゆるやうよ。花は限りこそあれ、そそけたる蘂《しべ》などもまじるかし、人の御容貌のよきは、たとへむ方なきものなりけり。御前に人も出で来ず、いとこまやかにうちささめき語らひきこえたまふに、いかがあらむ、

吹きみだる風のけしきに女郎花しをれしぬべき心地こそすれ

くはしくも聞こえぬに、うち誦じたまふをほの聞くに、憎きもののをかしければ、なほ見はてまほしけれど、近かりけりと見えたてまつらじと思ひて、立ち去りぬ。御返り、

した露になびかましかば女郎花あらき風にはしをれざらまし

なよ竹を見たまへかし」など、ひが耳にやありけむ。聞きよくもあらずぞ。

（280頁）

母違いの妹と信じている玉鬘を見た夕霧であるが、源氏との近親相姦的戯れには深く立ち入らず、昨日の紫の上の美しさと比較し、「昨日見し御けはひには、け劣りたれど」と迷うことなく紫の上に軍配を上げている。玉鬘を「八重山吹の咲き乱れたる盛りに露かかれる夕映えぞ、ふと思ひ出でらるる」と形容しているのも、紫の上の「春の曙の霞の間より、おもしろき樺桜の咲き乱れたるを見る心地す」との対照を狙ったのであろう。桜も山吹もともに春の花であるから、野分の季節には相応しくないたとえである。紫の上の場合は季節はずれであることに言及されていないが、玉鬘の場合には「をりにはあはぬよそへ」と断っている。それはそれとして、

紫の上↓樺桜　　↓咲き乱れ↓霞↓曙
玉鬘　↓八重山吹↓咲き乱れ↓露↓夕映え

と見事に対比構造になっている（二人とも源氏と一緒にいた）。

ここも聴覚には消極的で、玉鬘の声はほとんど聞こえない。玉鬘の歌にしても「くはしくも聞こえぬに、うち誦じたまふをほの聞くに」とあるように、それを源氏が復唱したおかげで、かろうじて夕霧の耳に届いたのだった。なお源氏の返歌が夕霧の耳に届いたかどうかはわからないが、読者には確かに聞こえている（草子地に近い用法）。

5　夕霧の垣間見　④明石姫君

夕霧は最後に明石姫君の元を訪れるが、それは、

むつかしき方々めぐりたまふ御供に歩きて、中将はなま心やましう、書かまほしき文など、日たけぬるを思ひつつ、姫君の御方に参りたまへり。（282頁）

とストレス解消と妻への手紙をしたためる目的であった。実は野分巻の夕霧は「中将」という官職名で統一されており、それによって六条院内というよりも、外部の人間として設定さ

れていた。

肝心の姫君は紫の上の所へ渡って留守だった。そこで妻雲居の雁への手紙をしたためる。これは妹の所だからできることであろう。そこへ姫君が帰ってくるが、夕霧は、

見つる花の顔ども、思ひくらべまほしくて、例はものゆかしからぬ心地に、あながちに、妻戸の御簾をひき着て、几帳の綻びより見れば、物のそばより、ただ這ひわたりたまふほどぞ、ふとうち見えわたる。人の繁くまがへば、何のあやめも見えぬほどに、いと心もとなし。薄色の御衣に、髪のまだ丈にははづれたる末のひき広げたるやうにて、いと細く小さき様体らうたげに心苦し。一昨年ばかりは、たまさかにもほの見たてまつりしに、またこよなく生ひまさりたまふなめりかし。まして盛りいかならむ、と思ふ。かの見つるさきざきの、桜、山吹といはば、これは藤の花とやいふべからむ、木高き木より咲きかかりて、風になびきたるにほひは、かくぞあるかし、と思ひよそへらる。（284頁）

と、あえて「御簾をひき着」るというやや大げさなポーズを作り、まだ八、九歳の妹を垣間見ている。幼い妹であるから、禁忌も近親相姦の可能性もなかろう（「恐ろし」も用いられず）。

そのことは螢巻に、

中将の君を、こなたにはけ遠くもてなしきこえたまへれど、姫君の御方には、さしもさし放ちきこえたまはず馴らはしたまふ。（216頁）

と記されていた。父源氏も明石姫君と夕霧は隔離していなかったのである。

どうやら夕霧は紫の上・玉鬘の比較の延長として、垣間見体験を楽しんでいるのではないだろうか。そのために姫君は、あえて藤の花にたとえられているのである。これは一種の美人比べでもあった。三谷邦明氏は、「〈美女くらべ〉で注目すべきは、玉鬘を山吹になぞらえた際に、「折にあはぬよそへどもなれど」と記してあったように、野分巻が秋の六条院を描出しているにもかかわらず、女性達を春の花に比喩していることである。この比喩は、季節に応じて卓越した描写を達成した『源氏物語』においては、奇妙な現象であると言わざるをえないであろう」と述べられている（「野分巻における〈垣間見〉の方法」『物語文学の方法Ⅱ』有精堂・平成元年6月）。そう考えると、明石姫君は紫の上や玉鬘並みの女性であることを夕霧によって保証されたことになる。しかしながら禁忌性のない明石姫君の垣間見が付加されたことで、夕霧による三人の女性の垣間見は相対化され、毒気も抜かれてしまったのではないだろうか。野分巻における重層的な夕霧の垣間見は、それ故に特異であり、かえって滑稽であるとさへ思われる。

まとめ

かつて初音巻において、六条院完成後の最初の元旦に、源氏は四季の町に住む女君達を一人ずつ訪問した。野分巻の夕霧はその初音巻の源氏のように、六条院の女君を一人ずつ訪問し、その姿を垣間見ている（伊藤博氏「「野分」の後―源氏物語第二部への胎動―」『源氏物語の原点』（明治書院）昭和55年11月）。唯一異なるのは、見られる側に源氏がいることであろう。

従来の研究では、定石通りに垣間見論が援用されることで、例えば高橋亨氏は夕霧による紫の上との密通の可能性を読み込んでおられる。ただし高橋氏は、「夕霧が紫上と密通して子どもが生れるというのが、六条院物語に底流する可能態の物語である。それはついに現実化することなく、野分の巻で物語の表層にかたちを現わした時も、すでにその不可能性を示しているというべきであった」（「可能態の物語の構造―六条院物語の反世界―」『源氏物語の対位法』東京大学出版会・昭和57年5月）と述べておられる。三谷邦明氏は、夕霧の視点そのものを「視姦」ととらえておられる。また三谷氏は「〈垣間見〉というモチーフ自体が禁忌の違反を意味しているのだが、野分巻の夕霧の行為はそうした違反性に近親相姦的なイメージを重層的に付加して描出されている」とも述べておられる。しかしながら夕霧の垣間見は、決して密通へ展開するのではなく、結界のように閉ざされた六条院世界を外部に見せるレポーターの役割を果たしているのである。ここでは垣間見への過大な期待に対して、異議申し立てを行いたい。むしろ野分巻の夕霧は、密通などしないという人物設定が前提になっているのではないだろうか。

源氏の代理（勅使）たる夕霧の垣間見は、決して恋物語展開の契機（見ることは所有すること）としては機能しておらず、六条院世界の女君を第三者の目を通して描出する手法となっているのである。一度にこれだけの垣間見をするということ自体、過剰・異常なことであって、到底恋愛の契機たりえるような展開は考えられまい。その意味では、語り手的な立場に据えられていることになる。もちろん夕霧自身が、垣間見たことをしっかり胸の中に収めていることも重要であろう。女三の宮と柏木の密通（薫の出生の秘密）を含めて、夕霧は六条院の秘密を知る唯一の人であった。

なお東原伸明氏は、野分巻の垣間見で「あくがれ」がキーワード的に用いられていることを示唆しておられるが（「夕霧垣間見・光源氏を「見る」と親―子の物語の論理―「野分」巻の〈語り〉と〈テクスト〉の連関―」『源氏物語の語り・言説・テクスト』（おうふう）平成16年10月）、確かにそこに夕霧の魂の動揺が読み取れよう。ただし夕霧の心は心として、野分巻の垣間見は案外醒めた垣間見ではないだろうか。というのも夕霧は紫の上を「樺桜」に、玉鬘を「八重山吹」に、そして明石姫君を「藤の花」にと、見事なまでに対照的かつ律儀に植物に喩えているからである。

しかもそれらは春の町と夏の町の女性に限定されている（花散里は夕霧の養母なので垣間見る必要なし）。六条院には他に、秋の町の秋好中宮と冬の町の明石の君がいるが、この二人は花に喩えられるどころか、垣間見すらされていない。夕霧が源氏の代理（分身）だとすると、夕霧の目は必ずしも六条院を万遍なく見ておらず、春・夏と秋・冬で大きく線引きされていることになる（禁忌ということでは秋好中宮の垣間見が最も相応しい）。助川幸逸郎氏は「この巻の視点人物である夕霧のまなざしも、〈季節のずれ〉の問題と正確に対応して機能する。すなわち彼は、光源氏世界に属するものにはするどい眼力を発揮するが、秋好や明石の領域では、何もみることがないばかりか、それらが光源氏世界から独立した世界であることに気づきさえしないのである。」と分析しておられる（「野分巻の季節の〈ずれ〉をめぐって」中古文学論攷15・平成6年12月）。

ただ秋好はともかく、何故明石の君が光源氏世界に属していないのかはわかりにくい。いずれにせよ、ここで夕霧によって紫の上・玉鬘・明石姫君の美しさを再確認することこそは、これ以降に展開する物語（女三の宮降嫁・玉鬘の結婚・明石姫君の入内）の据え直しでもあったわけである。

第八章　柏木の女三の宮「垣間見」

1　「乱りがはし」き蹴鞠

垣間見の再検討の一環として、若菜上巻の蹴鞠場面における柏木の女三の宮垣間見を徹底的に分析してみたい。

源氏四十歳の年、紫のゆかりたる朱雀院の女三の宮の降嫁が行われた。しかしながら婿候補だった柏木は、その後も女三の宮のことが忘れられず、乳主《ちぬし》の小侍従との連絡を頻繁に取り続けていた。翌年の春、明石女御が東宮の皇子を出産したことで、源氏の権勢はいよいよ確固たるものになる。誕生した皇子の盛大な産養なども果てた三月の末頃、うららかな六条院には大勢の貴公子が参集し、蹴鞠に興じていた。

当初、蹴鞠は花散里（東北）の町において夕霧主導で行われていたが、源氏の要請によって明石女御不在の東南の町の寝殿の東庭に移って行われた。これは源氏が蹴鞠見物をするための方便であるが、その同じ寝殿の西側は女三の宮の居所なので、必然的に女三の宮も蹴鞠見物が可能になった。

物語は蹴鞠に興じる人物の中で、太政大臣（かつての頭中将）の子息達の技量が大変すぐれていることを強調している。中でも柏木は、

衛門督のかりそめに立ちまじりたまへる足もとに並ぶ人なかりけり。容貌いときよげになまめきたるさまして、用意いたくして、さすがに乱りがはしき、をかしく見ゆ。

（新編全集若菜上巻四138頁）

と並はずれた技量であったことが記されている。どうやらここでは柏木をスターに仕立てているようである。続いて夕霧のことが、

大将の君も、御位のほど思ふこそ例ならぬ乱りがはしさかなとおぼゆれ、見る目は人よりけに若くをかしげにて、桜の直衣のやや萎えたるに、指貫の裾つ方すこしふくみて、けしきばかり引き上げたまへり。軽々しうも見えず、ものきよげなるうちとけ姿に、花の雪のやうに降りかかれば、うち見上げて、しをれたる枝すこし押し折りて、御階《みはし》の中の楷《しな》のほどにゐたまひぬ。

（同139頁）

などと記されているが、蹴鞠の技量には言及されておらず、美貌と振る舞いに焦点が置かれている。(1) その夕霧は蹴鞠の輪から抜けて御楷で休憩するのだが、

督の君つづきて、「花乱りがはしく散るめりや。桜は避《よ》きてこそ」などのたまひつつ、宮の御前の方を後目《しりめ》に見れば、例の、ことにをさまらぬけはひどもして、色々こぼれ出でたる御簾のつまづま透影など、春の手向の幣袋にやとおぼゆ。(同140頁)

と柏木もそれに続いている。その際、柏木は女三の宮のいるあたりの視線を気にしつつ、「桜は避きてこそ」と『古今集』の一節を口にしている。

この柏木の行為について、新編全集の頭注二には「女三の宮の目を意識して、風流な格好を見せようとするのであろう」(同139頁)と記されている。その通りなのだが、それなら夕霧が桜の枝を折ったのも同様の意識ではないだろうか。また視覚だけが問題にされているが、柏木が歌の一節を口ずさんでいるのは、必ずしも夕霧に向かって話しかけているのではなく、やはり女三の宮側の耳に聞こえるようにしゃべっているのではないだろうか。

ここで垣間見論として留意したいのは、源氏の御前で催されているこの蹴鞠は、もちろん源氏と螢兵部卿宮の視線が第一であるが、若い貴公子達はそれ以上に見えざる女三の宮（女

房を含む）のまなざしを強く意識しているということである。こういった男性達の娯楽を見物することは、邸内に引き籠もっている女性達にとっても格好の娯楽だった。女房達が競って見物していることは、「色々こぼれ出でたる御簾のつまづま透影」という描写によって察せられるはずである（本書第五章）。それは柏木や夕霧も同様、という以上に自意識過剰というべきかもしれない。というのもこの二人は、蹴鞠からはずれた自分たちを女房達の視線が追いかけてくると信じている節があるからである。あるいはこれも一種のパフォーマンスだったのかもしれない。

　ただし「例の、ことにをさまらぬけはひどもして」はやや難解である。文脈からして「後目に見」たのは柏木であろう。するとそれ以下は柏木の感想ということになる。しかしながら柏木は、「例の」を冠するほどに女三の宮の女房達のことを熟知しているとは思えない。ここは先に夕霧が、「こなたにはさりぬべきをりをりに参り馴れ、おのづから御けはひありさまも見聞きたまふ」（同133頁）中で、

　　女房なども、おとなおとなしきは少なく、若やかなる容貌人のひたぶるにうちはなやぎされればめるはいと多く、（同頁）

のごとく見聞しているので、むしろ夕霧の方がふさわしいのではないだろうか。それ以上に、「春の手向の幣袋にやとおぼゆ」を含めて草子地的用法と見ておきたい。

2　夕影の中の垣間見

前章では、御簾越しの女三の宮側の視線と、それを意識してポーズをつける柏木と夕霧を分析したが、ここでは見られていた柏木と夕霧が、逆に女三の宮を垣間見ている場面を分析してみたい。見る側と見られる側は入れ替え可能というか、必ずしも見る側が一方的に有利とばかりは言えないようである。

夕霧と柏木は女三の宮側の視線を気にして、風流な態度を装ったのであるが、肝心の女三の宮は夕霧や柏木に関心があるのではなく、蹴鞠という競技の観戦に熱中していたようである。つまり二人の思い入れは徒労に終わったわけだが、蹴鞠の輪からはずれて階段にいたことで、予想外の垣間見が可能となった。というのも女三の宮の飼っている唐猫が別の猫に追いかけられたことで、御簾が引き開けられたからである。この趣向について、『うつほ物語玉琴』には「この物語に見えし、犬宮の童ども御簾のもとに飛びかふ蝶を取らむと立ち迷ひて、御前なる御簾を風の吹き上げしをも知らざりしことを、かの物語には、唐猫のこととなし、人々の立ち迷ふをも、怖ぢ騒げるさまに言ひなせし。」（国文研本133頁）と述べられており、楼の上上巻の犬宮垣間見場面の引用と説いている（国譲中巻には蹴鞠の描写もある）。

御几帳どもしどけなく引きやりつつ、人げ近く世づきてぞ見ゆるに、唐猫のいと小さくをかしげなるを、すこし大きなる猫追ひつづきて、にはかに御簾のつまより走り出づるに、人々おびえ騒ぎてそよそよと身じろきさまよふけはひども、衣の音なひ、耳かしがましき心地す。猫は、まだよく人にもなつかぬにや、綱いと長くつきたりけるを、物にひきかけまつはれにけるを、逃げむとひこじろふほどに、御簾のそばいとあらはに引き上げられたるをとみに引きなほす人もなし。（同140頁）

猫や犬は愛玩動物なので、頻繁に登場してもおかしくなさそうであるが、『源氏物語』では意外に用例が少なく、猫はこの場面に関連して登場するだけであるし、犬は正編に用例がなく、かろうじて浮舟巻に一例見られるのみである。ところで、本文中の「見ゆる」「心地す」「にや」は、一体誰の視線なのであろうか。夕霧や柏木の垣間見はこの後なので、ここは語り手の視線とせざるをえまい。ここに「あらはに」という語が用いられていることには留意しておきたい。本来なら用心して「あらは」であることを避けるはずであるが、何らかの事情で「あらは」となることによって垣間見が可能となるからである。その意味でもこの語は、垣間見におけるキーワードの一つと考えられる（本書第十一章）。
その偶然に開けられた空間から、立ち姿の女三の宮が柏木に垣間見られてしまう。

几帳の際すこし入りたるほどに、袿姿にて立ちたまへる人あり。階より西の二の間の東のそばなれば、紛れどころもなくあらはに見入れらる。紅梅にやあらむ、濃き薄きすぎにあまた重なりたるけぢめはなやかに、草子のつまのやうに見えて、桜の織物の細長なるべし。御髪の裾までけざやかに見ゆるは、糸をよりかけたるやうになびきて、裾のふさやかにそがれたる、いとうつくしげにて、七八寸ばかりぞあまりたまへる。御衣の裾がちに、いと細くささやかにて、姿つき、髪のかかりたまへるそばめ、いひ知らずあてにらうたげなり。夕影なれば、さやかならず奥暗き心地するも、いと飽かず口惜し。鞠に身をなぐる若君達の、花の散るを惜しみもあへぬけしきどもを見るとて、人々、あらはをふともえ見つけぬなるべし。猫のいたくなけば、見返りたまへる面もちもてなしなど、いとおいらかにて、若くうつくしの人やとふと見えたり。（同141頁）

「にやあらむ」「なるべし」といった推量を含みながら、柏木の目は女三の宮を凝視し続ける。女房達は几帳を片づけて御簾にへばりつくようにして観戦していたようだが（だからこそ

絵入源氏物語　若菜上巻

透影になる）、さすがに女三の宮は几帳を手放してはいなかった。そのために外が見えにくかったのか、あるいは観戦に興奮したのか、なんと立って見ていたとある。これは頭注にも「当時の貴婦人は、すわっているのが普通。女三の宮は蹴鞠が見たくて立ちあがっている。不謹慎な挙措」（同頁）とあるように、高貴な内親王の振るまいとしてはふさわしくないものであった。

もちろん「夕影なれば、さやかならず奥暗き心地する」とあるように、外部からやや暗い内部は見えにくい時間帯であったので、柏木がどれ程はっきりと女三の宮を垣間見できたかは定かではない。案外はっきり見ていないこ

とが、

さばかり心をしめたる衛門督は、胸ふとふたがりて、誰ばかりにかはあらむ、ここらの中にしるき袿姿よりも人に紛るべくもあらざりつる御けはひなど、心にかかりておぼゆ。（同142頁）

とあることによってわかる。柏木は女三の宮を顔で判別できておらず、着ている袿（女主人の衣装）によってそれと察しているからである。またあえて「けはひ」と記されているのであるから、この「夜目遠目」に類する垣間見は、むしろ柏木の恋情を激化させることに意味があったのではないだろうか。

その現れとして、柏木は外に飛び出した唐猫を、

わりなき心地の慰めに、猫を招き寄せてかき抱きたれば、いとかうばしくてらうたげにうちなくもなつかしく思ひよそへらるるぞ、すきずきしや。（同頁）

のように抱きしめている。その猫は「いとかうばし」い匂いがした。もちろんそれは猫本来

の匂いではなく、飼い主である女三の宮の移り香と考えられている。少なくとも惑乱している柏木にはそう思えたはずである。だからこそ柏木は、「かうばし」き匂いのする唐猫を、女三の宮の分身と見て抱いているのであった。なお、動物が「かうばし」と形容されるのは、やや珍しい用法のようである。河添房江氏はこの場面を、「最初の垣間見では、「見る」という視覚だったのが、ここでは抱くという触覚、宮の移り香がはっきりと匂うという嗅覚や、鳴き声を聞くという聴覚まで広がり、まさに柏木の全感覚を揺さぶりながら、宮と猫が同化し、柏木の情念を掻きたてていく」（『源氏物語と東アジア世界』（ＮＨＫブックス）平成19年11月、234頁）と解釈されている。なお「かうばし」は『源氏物語』に26例用いられているが、その大半はやはり垣間見と絡んでいた。嗅覚も視覚や聴覚と並んで、垣間見に重要な要素であることに留意していただきたい（本書第十二章）。

ところで唐猫事件に関しては、二つのやや矛盾する描写がなされているのではないだろうか。一つは語り手のもので、「人々おびえ騒ぎてそよそよと身じろきさまよふけはひども、衣の音なひ、耳かしがましき心地す」とあるように、視覚的にも聴覚的にも動きを伴ったものであった。それに対して、「鞠に身をなぐる若君達の、花の散るを惜しみもあへぬけしきどもを見るとて、人々、あらはをふともえ見つけぬなるべし」と、蹴鞠に熱中しているために猫事件に無関心で静的な女三の宮の様子が記されている。これなど柏木の目に映った虚像と、実際の女三の宮とのズレを明示しているのであろうか。

3　身内の垣間見

恋は盲目とはよく言ったもので、柏木の目には女三の宮の内親王らしからぬ挙動が一切気にならないらしい。そのことは、

宰相の君は、よろづの罪をもをさをさたどられず、おぼえぬ物の隙より、ほのかにも、それと見たてまつりつるにも、わが昔よりの心ざしのしるしあるべきにやと契りうれしき心地して、飽かずのみおぼゆる。（同144頁）

と記されていることからわかる。これについて頭注には、

恋に盲いた柏木には、女三の宮の慎重を欠いたふるまいなど眼中にない。このあたり、前段に引き続き、柏木の心の動きを、冷静な判断を失わぬ夕霧の態度と対照布置し際立たせている。（同頁）

と明確に解説されている。だからこそ立ち姿で蹴鞠を観戦している女三の宮の「不謹慎な挙措」もまったく問題にならないのであろう。その意味では、若紫巻の源氏も柏木と五十歩百

歩であった。駆け寄ってきた紫の上を不謹慎と咎めることもなく、明るくて活発な紫の上の言動もマイナス要素になっていないからである。では次に柏木と比較されている夕霧の心内を確認してみよう。

もともと二人は同一条件の元で女三の宮を垣間見たのであるが、なるほど夕霧は唐猫事件に対して、

大将、いとかたはらいたけれど、這ひ寄らんもなかなかいと軽々しければ、ただ心を得させてうちしはぶきたまへるにぞ、やをら引き入りたまふ。さるはわが心地にも、いと飽かぬ心地したまへど、猫の綱ゆるしつれば心にもあらずうち嘆かる。（同142頁）

のごとく、御簾が開いていることを咳払い（聴覚）によって女三の宮に知らせており、垣間見る一方の柏木とは完全に立場が異なっていることがわかる。もちろん夕霧にしても前々から女三の宮を、

わざとおほけなき心にしもあらねど、見たてまつるをりありなむやとゆかしく思ひきこえたまひけり。（同135頁）

と思っていたのであるから、絶好の垣間見を中断するのは「いと飽かぬ心地したまへど」と不本意ではあった。それにもかかわらず柏木と一緒に垣間見を続けなかったのは、やはり源氏の息子（女三の宮の継子）という身内意識が強く働いていたからではないだろうか。という以上に、野分巻の垣間見において夕霧は密通をしない人物として設定されており、ここもその延長線上にあるのであろう。

二人の違いは垣間見の後も鮮明であった。柏木は夕霧によってせっかくの垣間見を中断されたのであるから、そのことに対して不満をぶつけてもよさそうであるが、一切言及していない。一方の夕霧はやはり身内意識から、

・さらぬ顔にもてなしたれど、まさに目とどめじやと大将はいとほしく思さる。（同142頁）

・大将は、心知りに、あやしかりつる御簾の透影思ひ出づることやあらむと思ひたまふ。いと端近なりつるありさまを、かつは軽々しと思ふらむかし。いでや、こなたの御ありさまのさはあるまじかめるものをと思ふに、かかればこそ世のおぼえのほどよりは、内々の御心ざしぬるきやうにはありけれと思ひあはせて、なほ内外の用意多からずいはけなきは、らうたきやうなれどうしろめたきやうなりと思ひおとさる。（同143頁）

のように、女三の宮を垣間見たであろう柏木の恋心を冷静に分析している。「心知り」という語は意外に重要で、(2)親しい友人なればこそ相手の意中が見透かせるのであろう。次の「あやしかりつる御簾の透影」は、やや誤解を孕む表現である。確かに「端近」ではあったが、女三の宮は女房達とは違って几帳に隠れていたのであるから、正確には垣間見の前に夕霧が見た透影の中に、女三の宮は含まれていなかったはずである。柏木にしても、手紙を源氏に発見された後ようやく、

まづは、かの御簾のはさまも、さるべきことかは、軽々しと大将の思ひたまへる気色見えきかし、など今ぞ思ひあはする。(若菜下巻258頁)

と女三の宮の軽率さを回想している。

なお夕霧の身内意識は、それによって女三の宮のマイナス面をあげつらうことになるが、その原因は夕霧が女三の宮を紫の上と比較しているからであった。「こなたの御ありさま」とはまさに紫の上のことであり、紫の上を理想化している夕霧にとって、若い女三の宮は欠点だらけの女性にしか見えなかった(これは源氏も同様であろう)。これでは女三の宮を垣間見したところで、幻滅を感じるだけであろうから、密通に進展することはあるまい。要するに恋

に狂った柏木のみならず、冷静なはずの夕霧の目も、実は紫の上崇拝によって反対方向に曇っていたのである。その意味でも、二人は見事に対照化されていることになる。

4　女三の宮の事情

垣間見の直後、第三者的な立場にあった源氏が突然、

大殿御覧じおこせて、「上達部の座、いと軽々しや。こなたにこそ」とて、対の南面に入りたまへれば、みなそなたに参りたまひぬ。（同142頁）

と柏木・夕霧を東の対（紫の上の居所）の南面の廂の間に招いている。これについて頭注には、「寝殿の女三の宮方の女房たちが端近にいて、男たちにのぞかれやすい状態であるのを避けるためであろう」（同頁）と注されている。この時源氏は、唐猫事件のことを知っていたのであろうか。それとも知らずに発言したのであろうか。上達部のみならず殿上人も簀子に招かれているので、どうやら蹴鞠が終わったことに反応したのであろう。そうなると源氏は、六条院内で生じた垣間見事件を知らないことになる（夕霧も報告しないだろう）。これは源氏の統治能力が弱体化していることの象徴であった。

その後、女三の宮を諦めきれない柏木は、乳母子の小侍従を使って手紙を送る。その手紙には当然女三の宮を垣間見たことが、

一日《ひとひ》、風にさそはれて御垣の原を分け入りてはべしに、いとどいかに見おとしたまひけむ。その夕より乱り心地かきくらし、あやなく今日はながめ暮らしはべる。（同148頁）

云々としたためられていた。この手紙には二つのポイントがある。まず「いかに見おとしたまひけむ」だが、頭注に「卑下の言葉。柏木は、女三の宮が自分を見てどう評したか聞きたい」（同頁）とあることを参考にすれば、ここに柏木の自意識が発露していることになる。しかしながら女三の宮は、柏木のことなどまったく眼中になかった。

もう一つは「あやなく今日はながめ暮らし」である。これは引歌で、『古今集』（あるいは『伊勢物語』）の「見ずもあらず見もせぬ人の恋しくはあやなく今日やながめ暮らさむ」の下の句から、垣間見の事実を暗示したものである。さすがに女三の宮もその引歌に気づいて、

「見もせぬ」と言ひたるところを、あさましかりし御簾のつまを思しあはせらるるに、御面赤みて、大殿の、さばかり言のついでごとに、「大将に見えたまふな。いはけなき

御ありさまなめれば、おのづからとりはづして、見たてまつるやうもありなむ」と、いましめきこえたまふを思し出づるに、大将の、さることのありしと語りきこえたらん時、いかにあはめたまはむと人の見たてまつりけむことをば思さで、まづ憚りきこえたまふ心の中ぞ幼かりける。（同149頁）

と源氏から注意されていたことを思い出す。興味深いのは、柏木から垣間見のことを告げられたにもかかわらず、それが夕霧に見られたことに見事に転換され、そのことで源氏に叱られることを恐れる女三の宮の幼さを巧妙に描出していることである。ここでも柏木に対する意識は希薄であった。

ついでながら、柏木の手紙に対して小侍従が返事を書いているのだが、その文面に「見ずもあらぬやいかに」（同頁）とあることについて、頭注では「小侍従は、柏木が宮を見たことをしらない」（同150頁）とある。それで問題なさそうであるが、では小侍従は唐猫事件の折、女三の宮の側に侍っていなかったのであろうか。後に柏木からの手紙を源氏に発見された際、小侍従は「人にも見えさせたまひければ、年ごろさばかり忘れがたく」（若菜下巻252頁）と口にしているが、これはその間に垣間見の事実を確認したのであろう。

ここで女三の宮が夕霧を想起したのは、もちろん夕霧の咳払いの声が記憶に残っているからである（柏木の印象はない）。では源氏が夕霧のことを注意したのは、夕霧と女三の宮の密通を懸念してのことであろうか。紫の上の場合はそうに違いないが、女三の宮の場合はあまりにも幼いので、それを夕霧に見抜かれたくなかったからではないだろうか。実際、女三の宮を垣間見た夕霧だが、密通の可能性は杞憂に過ぎないようである。

5　垣間見のその後

垣間見の顛末については、若菜下巻の冒頭まで持ち越されるが、それで一段落着いたのか、それから密通が行われるまでになんと六年もの歳月が経過することになる。その意味では、従来言われているような垣間見の効力は、既に期限切れになったと考えることもできよう。

その後、柏木は東宮の猫好きを利用して、女三の宮の唐猫を手に入れてかわいがる。また女三の宮の異母姉である女二の宮と結婚するが、もちろん女三の宮の代償とはならなかった（唐猫のみならず女二の宮も女三の宮の形代である）。そのため紫の上が発病して二条院へ移されたのを契機として、柏木の情念が再び燃え上がることになる。まず仲介役の小侍従のことが再度、小侍従といふかたらひ人は、宮の御侍従の乳母のむすめなりけり。その乳母の姉ぞ、かの督の君の御乳母なりければ、早くよりけ近く聞きたてまつりて、まだ宮幼くおはしまししし時より、いときよらになむおはします、帝のかしづきたてまつりたまふさまなど、聞きおきたてまつりて、かかる思ひもつきそめたるなりけり。（若菜下巻217頁）

と長々と紹介されている。これは密通における小侍従の役割の重要性を暗示しているのであろう。その役割は、源氏を藤壺に仲介した王命婦（血縁者）に類似している。一見主人に対する裏切りのようでありながら、ともに主人から疎まれていないことに留意しておきたい。なお二人の大きな違いは、王命婦が寡黙なのに対して小侍従が饒舌な点である。

小侍従の母である侍従の乳母と、柏木の乳母が姉妹だったということは、ここで初めて明かされた新情報である。姉妹がそれぞれ乳母になるというだけなら、乳母の系譜として説明もつけられる。しかし『源氏物語』の中では、この例しか認められない珍しい設定であった。もし姉妹の乳母同士で主家についての情報を交換していたとすれば、秘密保持などあり得まい。こうなると女三の宮の乳母を任命する際に、既にやっかいな火種を持ち込んでいたことになる。

女三の宮の婿選びは、乳母達に委ねられていたので、弁の妹が源氏にターゲットを絞ったように、侍従の乳母も柏木を候補者としていたのかもしれない。もしそうなら、源氏も柏木も乳母同士の権力闘争に巻き込まれたことになる。正式な結婚ということなら乳母の仕事であり、乳母子の出番はあるまい。しかしここは結婚後の私的な役割ということで、乳母ならぬ小侍従が浮上しているのである。「かたらひ人」という表現は、単に親しいというだけでなく、肉体関係を有する場合が少なくない（その意味では小侍従もまた女三の宮の形代だったことになる）。柏木は女三の宮の情報を入手する便宜を求めて、乳母のつてで小侍従に接近したのであろうが、源氏に降嫁した女三の宮へ無理に接近しようというのであるから、逆にここでは乳母の出番はあるまい。

三谷邦明氏は、この小侍従のもたらした情報について、

この情報は小侍従を通過したもので、光源氏などが直接に女三宮と接触して得た感覚と全く違ったものであるらしい。小侍従は、自分が女三宮の乳母子であるという地位から、また、柏木が高位にある男性であるため、欠陥などは一つも伝えずに、高貴な女性であるという賛美だけを語っていたのである。その乳母子という発話者の社交辞令に柏木は気づくことなく、観念的に女三宮を理想の女に仕立てていたのである。乳母子の貴族社会における位置・地位・立場による、発話のずれ・おもねり・おべっかなどによる、情報の錯綜・誤伝なども、第二部の主題の一つであることは言うまでもない。（200頁）

と解釈しておられる（「暴挙の行方・〈もののまぎれ〉論（一）―女三宮と柏木あるいは〈他者〉の視点で女三宮事件を読む―」『源氏物語の方法』（翰林書房）平成19年4月）。なお小侍従に類似した立ち回りをした人物として、源氏の乳母子大輔の命婦をあげることができる。大輔の命婦も末摘花の情報を操作して、源氏の好奇心をそそった人物だからである。ここでは小侍従のもたらした情報の危うさのみならず、乳母と乳母子の役割がズレていることも明記しておきたい。

その小侍従は柏木の邸にまで呼ばれている。つまり柏木の邸に招かれるような間柄となっており、

数にもあらずあやしきなれ姿を、うちとけて御覧ぜられむとは、さらに思ひかけぬことなり。ただ、一言、物越しにて聞こえ知らすばかりは、何ばかりの御身のやつれにかはあらん。（若菜下巻221頁）

と柏木から嘆願されている。そこでたまたま女三の宮の御前が人少なになった四月十余日、常にお側近くに侍っている按察の君（乳母子か血縁者か？）も、恋人の源中将に呼び出されて不在となったのを好機と見て小侍従は、

ただ、この侍従ばかり近くはさぶらふなりけり。よきをりと思ひて、やをら御帳の東面の御座の端に据ゑつ。さまでもあるべきことなりやは。（同223頁）

と、柏木を物越しどころか大胆にも御帳台（ベッド）の側にまで引き入れた。これではどうぞ密通して下さいと言わんばかりである。

柏木はこの好機に女三の宮に対して恋心を訴えるが、その中にかつて垣間見た時のことを、

かのおぼえなかりし、御簾のつまを猫の綱ひきたりし夕のことも、聞こえ出でたり。げに、さはたありけむよと口惜しく、契り心憂き御身なりけり。院にも、今は、いかでかは見えたてまつらんと悲しく心細くていと幼げに泣きたまふを、（同226頁）

と告白している。垣間見がここまで引きずられていることには留意したい。なおこの一文について三谷氏は、

柏木から〈垣間見〉の件を、女三宮が始めて聞き知ったことを強調しておきたい。「〈げに、さはたありけむよ〉と口惜しく、契り心うき御身なりけり」という女三宮の反応も

記憶しておいてほしい。〈中略〉彼女の内面が、些細ではあるが覗ける言説が記され始めて来たのである。〈見られ〉ている自己から、〈見られ〉ていることを知った自己へと、脱皮したのである。「〈垣間見〉↓〈強姦〉（性的関係）」という物語文法が、若菜巻で発動し始めたのである。（228頁）

と分析しておられる（「暴挙の行方・〈もののまぎれ〉論（二）―女三宮と柏木あるいは〈他者〉の視点で女三宮事件を読む―」『源氏物語の方法』（翰林書房）平成19年4月）。ここで「〈垣間見〉↓〈強姦〉」という過程を物語文法とするのは、今井氏の呪縛を受けているからであろうか。また「〈見られ〉ている自己から、〈見られ〉ていることを知った自己へと、脱皮したのである」という一文はよくわからない。前章で検討したように、垣間見の直後に柏木からの手紙で垣間見られたことは指摘済みだったはずである。それを無視して、この時「〈垣間見〉の件を、女三宮が始めて聞き知った」とするのはいかがであろうか。

まとめ

以上、柏木による女三の宮垣間見に焦点をあて、従来の垣間見論を批判しながら私見を述べてみた。若菜上巻の垣間見の特徴としては、次のようにまとめられる。

一、柏木と夕霧という複数の人物による女三の宮の垣間見であることがあげられる。加えて柏木は理想化の方向で幻影（プラス）を、夕霧は紫の上との比較で幻滅（マイナス）を見ており、共に女三の宮の実態からかけはなれた垣間見となっていた。

二、女三の宮は蹴鞠の観戦に夢中で、垣間見られていることに気づかず、夕霧の咳払いによってようやく姿を隠している。この時の夕霧は、女三の宮との密通を予感させるものではなく、むしろ身内意識から女三の宮を守る立場になっている。

三、柏木は女三の宮を垣間見たことを過大評価しているが、女三の宮は柏木に垣間見られたという意識がまったく欠落していた。

肝心の今井論との整合性、恋物語の契機（見ることは支配する）たりえているか否かについては、垣間見から密通までに六年もかかっていることを重視すれば、紫の上の垣間見を含めて、かなり冗漫な垣間見ということになる。むしろここでは小侍従の仲介役としての活躍をこそもっと評価すべきではないだろうか。

第九章　「垣間見」る薫

1　薫の垣間見

続編の宇治十帖には、なんと薫による垣間見が四度も設定されている。一度目が有名な橋姫巻の姉妹垣間見であり、二度目は椎本巻における再度の姉妹垣間見である。三度目は宿木巻において浮舟を長時間垣間見る場面であり、そして四度目は蜻蛉巻における女一宮垣間見である。こうしてみると薫は、宇治十帖におけるヒロインの全てを満遍なく垣間見ていることになる。換言すれば、薫はこういった特権的な複数の垣間見によっても、続編の主人公性を付与されていると言えるのかもしれない。

もちろん『源氏物語』においては、垣間見ることが必ずしも物語の主人公性を保証してくれるわけではない。例えば夕霧など、野分巻で紫の上を垣間見ているにもかかわらず、紫の上との禁忌的な密通事件が生じることはないし、夕霧を主人公とした物語も遂に始発していないからである（本書第七章）。これなどむしろ恋物語の契機としての垣間見ではなく、夕霧の目（テレビカメラ）を通して物語を語るという間接的描写法に変形（後退）していると言える（その代役が柏木による女三の宮密通事件）。薫もその夕霧の設定を継承しているのではないだろうか。

ついでながら、薫と主人公性を二分している積極派の匂宮の場合、浮舟巻における浮舟垣間見は、見ることが所有することに直結する原初的な構造になっている。匂宮の垣間見は、「やをら上りて、格子の隙あるを見つけて寄りたまふに、伊予簾はさらさらと鳴るもつまし。新しうきよげに造りたれど、さすがに荒々しくて隙ありけるを、誰かは来て見むともうちとけて、穴も塞がず、几帳の帷子うち掛けて押しやりたり。灯明うともして物縫ふ人三四人ゐたり」（浮舟巻119頁）と記されている。薫が「障子の穴」から垣間見るのに対して、匂宮は「格子の穴」（節穴）からの垣間見であった。なおこの「格子の隙」は「格子のはさま」とは別であろう。

ただし浮舟は匂宮にとって既知の女性（二度目の垣間見）であり、当初から浮舟を自分のものにする目的での宇治行きであった。それに対して薫は、二度も垣間見た大君・中の君姉妹を手に入れることはできず、また理想とする女一宮にしても、その後の物語展開が閉塞している。唯一浮舟とは結ばれているものの、同じく浮舟を垣間見た匂宮との三角関係に陥っている。どうやら宇治十帖の垣間見は、見る側の薫の変容のみならず、見られる側の浮舟とそれ以外の女性達とでは、扱いが異質なのかもしれない。

ついでながら浮舟は、薫・匂宮に垣間見られているだけでなく、出家した後にも中将から垣間見られており、複数の男達の視線にさらされる女性、つまり垣間見られる女性として描かれていることがわかる。そういったことを含めて、本稿では垣間見論の一環として、やや異質な薫の垣間見に焦点を絞って考察・分析してみたい。

2　橋姫巻の垣間見

橋姫巻の垣間見場面は、国宝「源氏物語絵巻」にも描かれていることで夙に知られている。しかも都から離れた場所で美しい姉妹を同時に垣間見るという手法は、明らかに『伊勢物語』初段の引用であった。『源氏物語』においては第一部の早い段階で、光源氏による空蝉や紫の上の垣間見が描かれている。しかもその方法・構造は『伊勢物語』からはるかに進んでいるのであるから、橋姫巻で姉妹を登場させたというだけでは、方法として進展しているとは言い難い（竹河巻にも玉鬘の姉妹の垣間見場面が設定されている）。

『伊勢物語』初段と橋姫巻の違いは、当然のことながら見られる側を積極的に描いている点に認められる。『伊勢物語』初段の垣間見は、垣間見でありながらも見られる側の描写はなく、見ている昔男の描写に徹していた。そのため見られている姉妹は未分化になっており、両者の差違など一切認められない（本書第三章）。それだけでなく橋姫巻においては、『伊勢物語』初段にない聴覚や嗅覚を垣間見に持ち込んでいる点にも留意しておきたい。

また物語本文では、姉妹以外に女房・女童の存在が記されている。それは「源氏物語絵巻」にもきちんと描かれているのだが、従来の垣間見論ではその二人がほとんど無視されている。では薫は、一体何によって姫君と女房達を区別しているのであろうか。その判別法の一つが、人物の位置関係であろう。基本的には邸の奥にいる人が主人格、端（外側）にいる人が女房格と考えられるからである。この場合も、

簀子に、いと寒げに、身細く萎《な》えばめる童一人、同じさまなる大人などゐたり。内なる人、一人は柱にすこしゐ隠れて、琵琶を前に置きて、撥《ばち》を手まさぐりにしつつゐたるに、雲隠れたりつる月のにはかにいと明くさし出でたれば、「扇ならで、これしても月はまねきつべかりけり」とて、さしのぞきたる顔、いみじくらうたげににほひやかなるべし。添ひ臥したる人は、琴の上にかたぶきかかりて、「入る日をかへす撥こそありけれ、さま異にも思ひおよびたまふ御心かな」とて、うち笑ひたるけはひ、いますこし重りかによしづきたり。（新編全集139頁）

絵入源氏物語　橋姫巻

とあって、女房と女童は外部と接した簀子（縁側）、大君と中の君はその奥の廂の間と描き分けられている。簀子の方が外部からの視線により曝されるわけである。

ここではさらに楽器の有無にも注目したい。つまり大君と中の君は楽器を持っているが、女房と女童は持っておらず、それによって瞬時に両者の区別ができるからである（ただし『夜の寝覚』では女房も楽器を演奏している）。これで主人側と女房側の区別はついたわけだが、肝心の大君と中の君の区別はつきそうもない。

そもそも薫は垣間見以前に楽器の音を耳にしており、それに引きつけられるように垣間見へと展開している（扇ならぬ撥

は月ならぬ薫を呼び寄せる?)。本文には、

近くなるほどに、その琴とも聞きわかれぬ物の音ども、いとすごげに聞こゆ。常にかく遊びたまふと聞くを、ついでなくて、親王の御琴の音も聞かぬぞかし。よきをりなるべし、と思ひつつ入りたまへば、琵琶の声の響きなりけり。黄鐘調に調べて、世の常の掻き合はせなれど、所からにや耳馴れぬ心地して、掻きかへす撥の音も、ものきよげにおもしろし。箏の琴、あはれになまめいたる声して、絶え絶え聞こゆ。（同137頁）

とあり、当初は八の宮の琴《きん》の琴かと想像していたところ、近づいた時点で琵琶の音であることがわかり、そして箏の琴の音も確認している。しかしここまでの描写からでは、複数による合奏であることはわかるものの、誰がどの楽器を演奏しているのかは皆目わからない。姫君以外の女房が演奏している可能性も含めて、これだけの情報から琵琶と箏の琴の奏者を特定することは不可能である。それこそ『伊勢物語』初段の引用として、姉妹及び女房達は聴覚的には未分化であったのだ。

なお楽器の奏者に関しては、大君・中の君と楽器の関係をめぐって大きく説が二つに分かれている。旧説では本文の、

姫君に琵琶、若君に箏の琴を、まだ幼けれど、常に合はせつつ習ひたまへば、聞きにくくもあらで、いとをかしく聞こゆ。（同124頁）

を根拠にして、大君が琵琶・中の君が箏の琴と考えられてきた。特に国宝源氏物語絵巻の図録解説（美術史方面）などでは、ほとんどがこの説になっている。そのため宇治の源氏物語ミュージアムのビデオでも大君が琵琶・中の君が箏の琴になっている。ところが最近では、垣間見場面における容貌・性格描写の分析から、逆に大君が箏の琴・中の君が琵琶とされるに至っている。源氏物語ミュージアムでは、岩佐美代子氏の御講演（後に「宇治の中君」『源氏物語六講』岩波書店・平成14年2月に収録）などにより、垣間見場面の展示の解説は大君が箏の琴・中の君が琵琶に改められている。そのためビデオの内容と展示の解説は不一致になっている。これだけ反転するということは、やはり姉妹が未分化の状態だからであろう。

それはそれとして、薫が大君と中の君を区別（認識）できているかどうかは、また別問題である。これは薫の耳の善し悪し云々ではなく、この時点では明らかに情報不足だからである。薫が最初に演奏を耳にしたところでは、どうも箏の琴の方が薫に強いインパクトを与えているようでもある。では姉妹は、ずっと同じ楽器を演奏し続けていたのであろうか。それとも途中で楽器を取り換えることもあったのであろうか。もし楽器の取り換えがなされていなければ、薫は箏の琴を弾いた女性に興味を抱いていることになる。それが描かれている順序―琵琶（中の君）↓箏の琴（大君）―に反映しているのかもしれない。ただしその女性が大君だとわかるのは、少なくとも垣間見後の対面によってであろう。

さらに言えば、目には見えない音声も看過することはできない。楽器は確実に遠くでも聞くことができたのだから、大君と中の君の会話も、すべてではないにせよ垣間見ている薫の耳に届いていてしかるべきであろう。ついでながら「月」を話題にしているのは、そもそも月見のために簾を低く巻き上げているのである。本文には「簾を短く巻き上げて」（139頁）とある。この「短し」は「高し」の反対語で、「低く」の意味となる（平安朝に「低し」はいまだ使用されていない）。要するに簾は下の方までしか巻き上げられていないのである。中の君が「月」を見るためにさしのぞいたことで、薫は月光に照らされた顔をはっきり見ることができたはずである。一方の大君はうつむいているので、声と「けはひ」しか看取できていないようである。

そしてもう一つ忘れてはならないのが、薫の強い芳香である。薫には生まれながらに芳香が付与されており、それが不義の子薫の宿業でもあった。薫が接近すれば、自ずからその匂いが四方に拡散するわけであるから、匂いは薫の存在証明（シグナル）でもあった。だから垣間見られる側は、この匂いに敏感でありさえすれば、たとえ視覚でとらえられなくても、近くに薫がいることを察知することができるのである。逆に匂いに気づかなければ、油断をしているかあるいは匂いに鈍感だということになる。この薫の芳香については、宿木巻の垣間見で再度とりあげてみたい。

3　椎本巻の垣間見

続いて椎本巻であるが、今回は邸の外からではなく、内側から余裕をもって大君と中の君を垣間見ることになる。多くの垣間見は外（屋外）から内（室内）を覗くものであった。だからこそ垣間見なのであろう。しかしながら空蝉の場合も室内から室内であった。

なほあらじに、こなたに通ふ障子の端の方に、掛金したる所に、穴のすこしあきたるを見おきたまへりければ、外に立てたる屛風をひきやりて見たまふ。ここもとに几帳をそへ立てたる、あな口惜しと思ひてひき帰るをりしも、風の簾をいたう吹き上ぐべかめれば、「あらはにもこそあれ。その御几帳押し出でてこそ」と言ふ人あなり。をこがましきもののうれしうて、見たまへば、高きも短きも、几帳を二間の簾に押し寄せて、この障子に対ひて開きたる障子より、あなたに通らんとなりけり。（椎本巻216頁）

最初に薫が障子の穴から覗いた時は、几帳が邪魔で見えなかった。諦めて帰りかけたところ、偶然強風が吹いて簾を吹き上げたために、女房達が慌てて几帳を簾の方に並べたことで、垣間見が可能となった。随分手の込んだ垣間見である。皮肉にも外側への警戒を重視したことで、内側への警戒がおろそかになってしまったのである。薫にとっては願ってもない幸運であるが、既に諦めて引き返す途中だったのであるから、その耳（背中）に「几帳」云々という女房の声が聞こえなければ、几帳の移動を知り得なかったはずである。やはりここでも導入としての聴覚の重要性には留意すべきであろう。

さて垣間見のお膳立てが揃ったところで、いよいよ姉妹の登場となるが、今回は別々にやってくる。最初に中の君が、

まづ一人たち出でて、几帳よりさしのぞきて、この御供の人々とかう行きちがひ、涼みあへるを見たまふなりけり。（同217頁）

のごとく立ち姿で登場し、几帳越しに薫の供人達をのぞいている。これはのぞいている中の君を薫がのぞくという二重構造である。それに続いて大君が、

また、ゐざり出でて、「かの障子はあらはにもこそあれ」と見おこせたまへる用意、うちとけたらぬさまして、よしあらんとおぼゆ。（同218頁）

と膝行して出てくる。ここでは中の君の「立ち出」と大君の「ゐざり出」をはじめとして、姉妹が対照的に描かれている。特に後に登場する大君の「あらはにもこそ」という用心深さには注目したい。薫がのぞいていることを察知しているわけでもないのに、几帳を取り除いたことで警戒しているのであろう。この心用意が大君らしさでもあった。突風への対処として、外部からの視線を遮るために几帳が立てられた。その移動によって、内部の視線を遮れなくなったのであるから、薫にとっては好都合の風だったことになる。

橋姫巻では姉妹未分化の面もあったが、椎本巻では二人の違いがはっきり描き分けられている(1)。それ以上に今回の垣間見の最大の特徴は、じっとすわっているところを見るのではなく、移動している場面を見ているという点にある。静から動の垣間見へと深化していることになる。もっといえば演劇的になっていることになる。ここで少々気になるのは、中の君の描写の中に、

かたはらめなど、あならうたげと見えて、にほひやかにやはらかにおほどきたるけはは

ひ、女一の宮もかうざまにぞおはすべきと、ほの見たてまつりしも思ひくらべられて、うち嘆かる。（同頁）

と女一の宮が引き合いに出されていることである。ここでは姉妹の美しさを比較しているのであるから、薫が女一の宮を想起するのはいかにも唐突に思われる。仮に中の君の美しさが理想的な女一の宮に匹敵するとすれば、この場の主役は大君ではなく中の君ということにならざるをえまい（中の君は女一の宮のゆかり？）。その点は空蟬巻の空蟬と軒端の荻の描写に類似しているようでもあるが、女一の宮への言及はどう考えても不自然である。

さてこの垣間見の延長として、大君が亡くなった後、

かいばみせし障子の穴も思ひ出らるれば、寄りて見たまへど、この中をばおろし籠めたれば、いとかひなし。（早蕨巻354頁）

と、再度「障子の穴」が登場している。しかし早蕨巻では奇跡がおこらず、遂に中の君を垣間見ることはできなかった。それは既に中の君との恋物語展開が閉塞していることを象徴しているのであろうか。いずれにしても、大君と中の君を二度も薫に垣間見させた意図は、一

般的な垣間見論からは理解しがたい（不毛で冗漫な垣間見）。

4　宿木巻の垣間見

続いて宿木巻で浮舟を垣間見る場面を考えてみたい。『源氏物語』では、垣間見の「穴」は宇治十帖にのみ用いられており、しかも椎本・早蕨巻の2例は、薫が「障子の穴」から宇治の姉妹を覗く例である。出家した浮舟を中将が垣間見る場面でも、「障子の掛金のもとにあきたる穴」（手習巻351頁）から見ていた。ただし今回は新築したばかりの寝殿のはずなので、普通ならば穴などないはずである。三谷邦明氏は、「文中の障子の穴は、以前から自然と開いたものではなく、薫が指に唾を付けて、覗きのために障子の上部に抉じ開けたものであろう」（「自由間接言説と意識の流れ」『源氏物語の言説』翰林書房・平成14年5月）と解しておられるが、いかがであろうか。後に匂宮が垣間見る際も、「新しうきよげに造りたれど、さすがに荒々しくて隙ありけるを、誰かは来て見むともうちとけて、穴も塞がず」（浮舟巻119頁）とあった。田舎の建造ということで手抜きだったのかもしれない。本来であれば『うつほ物語』国譲上巻に、「御簾の狭間に籠りて、穴を求め給へど、いみじく麗しく造りたれば、隙もなし」（おうふう版663頁）とあるように、隙なく造られているべきであるが、これでは垣間見不可能になってしまう。あるいは障子には構造的な穴が存するのかもしれない。

この寝殿はまだあらはにて、簾もかけず、下ろし籠めたる中の二間に立て隔てたる障子の穴よりのぞきたまふ。御衣の鳴れば、脱ぎおきて、直衣、指貫のかぎりを着てぞおはする。（宿木巻488頁）

新築の寝殿ということで、簾等の調達が間に合わなかったのであろうか。それが垣間見を可能にしているようでもある。それでも障子の穴というのは解せない。なお垣間見においては「あらは」という語がキーワードと考えられる（本書第十一章）。それはさておき当の薫は、衣擦れの音がしないようにと「御衣」（下着）を脱いで垣間見に望んでいるが、この慎重さは映像的にやや滑稽な姿であろう。かつて全集の頭注には「袍の下に何枚も重ねて着る下着類を脱ぐ。衣ずれの音をたてるのをさえ懸念する神経の細やかさに注意」とあったが、さすがに新編全集では「薫は、袍の下の下着類を脱ぐ。衣ずれの音を防ぐため。」と短く修正してある。また三谷氏はこの姿を「当時の、垣間見する男の、常套的な風俗だったのではないだろうか」と述べておられるが、いかがであろうか。

若き人のある、まづ下りて、簾うちあぐめり。御前のさまよりは、このおもと馴れてめやすし。また、おとなびたる人いま一人下りて、「はやう」と言ふに、「あやしくあらは

なる心地こそすれ」と言ふ声、ほのかなれどあてやかに聞こゆ。（同489頁）

ここも椎本巻と同様に、動きのある垣間見であった。「あらはなる心地」も、また膝行したことも先の大君と一致している。ただこの場合は浮舟が牛車（外部）から寝殿に上がる場面であり、その点が大きく異なっている。見る側の薫が内側にいて、見られる側の浮舟が外側から内に移動してくるわけであるから、見る薫の方が断然有利な垣間見であった。聴覚に関しては、「声、ほのかなれどあてやかに聞こゆ」とあるので、薫の耳に浮舟を含めた女房達の声が聞こえていることが納得される。その薫の目に写った浮舟は、

まづ、頭つき様体細やかにあてなるほどは、いとよくもの思ひ出でられぬべし。扇をつとさし隠したれば、顔は見えぬほど心もとなくて、胸うちつぶれつつ見たまふ。（同頁）

とある。どうやら薫は単に眼前の浮舟を直視しているのではなく、亡き大君とどれだけ似ているかを見極めようとしているらしい。もともと浮舟は、大君の形代としてその存在が中の君の口から知らされたのであるから、当然と言えば当然であろう。宿木巻の垣間見は、後に薫によって「かの人形の願ひものたまはで、「おぼえなきもののはさまより見しより、すず

ろに恋しきこと」」（東屋巻92頁）と回想されている。「障子の穴」からの垣間見がここで「もののはさま」に変わっているのは、単なる思い違いであろうか。ただし浮舟にしても用心して顔は扇で隠しているのだから、薫は顔の類似までは確認できていない。いずれにせよ「べし」（草子地）とあるのだから、物語は薫に大君との比較を望んでいるわけである。その上で語り手は、

何ばかりすぐれて見ゆることもなき人なれど、かく立ち去りがたく、あながちにゆかしきも、いとあやしき心なり。（同492頁）

と、浮舟に対する薫の執着心を「あやしき心」と評している。もちろんそれは浮舟本人の魅力の欠如が問題なのではなく、薫が無理に大君の幻影を求めているからであった。これと類似しているのが、若紫巻において光源氏が紫の上を垣間見る場面であろう。源氏は「さるは、限りなう心を尽くしきこゆる人にいとよう似たてまつるがまもらるるなりけり」（若紫巻（2）207頁）とあるように、眼前に紫の上を見ながら、その実そこに不在の藤壺を幻視していた。

ところで、この垣間見が従来のものと大きく異なる点は、前述のように見ている薫の方が立場上優位にあるということである。そのことは「やうやう腰いたきまで立ちすくみたまへ

ど、人のけはひせじとて、なほ動かで見たまふ」（宿木巻490頁）とあって、垣間見ている時間が異常に長いことでも察せられる。このことは今井源衛氏が既に「このかいま見は従来の作品のそれとははなはだ異なった趣がある。従来のかいま見がある瞬間における他人の生活姿態をふと覗き見るという、時間的截断面において成立していたのに対し、ここでは相当長い時間的延長において執拗に対象の姿態動作を捉えて行こうとするのであり、それ以前のものが静的、平面的、絵画的であったのに対して、さらに新しく時間の要素を導き入れる事により、動的、立体的に成長した」と指摘されている。しかしながらいかに優位であろうとも、「腰いたき」云々はやはり滑稽ではないだろうか。同様のことは見られている側が、

二人して、栗などやうのものにや、ほろほろと喰ふも、聞き知らぬ心地には、かたはらいたくて退きたまへど、また、ゆかしくなりつつ、なほ立ち寄り立ち寄り見たまふ。（同491頁）

とも記されており、やや田舎じみた展開になっている（右近が見た玉鬘一行に類似）。こういった滑稽・冗漫さの付与が、宿木巻の最も顕著な特徴ではないだろうか。

5　薫の芳香

ここで改めて嗅覚について考えて見たい。橋姫巻の分析で、垣間見ている薫の芳香が垣間見られている側の嗅覚に達している点に言及した。つまり薫は姿が見えなくても、嗅覚によってその存在が察せられるのである。そのことは匂宮巻における薫の紹介の際に、

香のかうばしさぞ、この世の匂ひならず、あやしきまで、うちふるまひたまへるあたり、遠く隔たるほどの追風も、まことに百歩の外にも薫りぬべき心地しける、誰も、さばかりになりぬる御ありさまの、いとやつればみただありなるやはあるべき、さまざまに、我、人にまさらんとつくろひ用意すべかめるを、かくかたはなるまで、うち忍び立ち寄らむ物の隈もしるきほのめきの隠れあるまじきにうるさがりて、をさをさ取りもつけたまはねど、あまたの御唐櫃に埋もれたる香の香どもも、この君のはいふよしもなき匂ひを加へ、御前の花の木も、はかなく袖かけたまふ梅の香は、春雨の雫にも濡れ、身にしむる人多く、秋の野に主なき藤袴も、もとの薫りは隠れて、なつかしき追風ことにをりなしがらなむまさりける。（26頁）

と明記されており、薫のことは強烈な匂いですぐに露見するので、気づかれないようにこっそり垣間見ることは困難だったことが最初から記されていたのである。そのことは匂宮巻末尾の賭弓の際にも、

例の、中将の御薫りのいとどしくもてはやされて、いひ知らずなまめかし。はつかにのぞく女房なども、「闇はあやなく心もとなきほどなれど、香にこそげに似たるものなかりけれ」とめであへり。（34頁）

と記されていた。ここでは逆に、覗き見ている女房のところまで薫の芳香が届いているわけである。

それでも薫は、しばしば垣間見を試みている。宿木巻においても、垣間見ている薫の匂いは、間違いなく浮舟側にまで届いていた。その匂いに気付いた女房達は、

若き人、「あなかうばしや。いみじき香の香こそすれ。尼君のたきたまふにやあらむ」。老人、「まことにあなめでたの物の香や。京人はなほいとこそみやびかにいまめかしけれ。天下にいみじきことと思したりしかど、東国にてかかる薫物の香は、え合はせ出で

たまはざりきかし。」

（宿木巻491頁）

云々と、やはり「かうばし」という語で形容している。残念なことにそれが特別な薫の芳香だとは気付かず、弁の尼の焚いている香程度だと勘違いしている。もちろん女房達はここで初めて薫の匂いに接したのであるから、香の主がわからなくて当たり前とも言える。しかしながら、浮舟に仕える女房の鼻はどうやらこれが限界らしく、後の浮舟巻において忍び込んできた匂宮の、「香のかうばしきことも劣らず」（浮舟巻124頁）ぬ香と薫の香の区別もできておらず、そのためにまんまと匂宮に騙されてしまうことになるのである。[3]ここでは「かうばし」さの微妙な質の違いを嗅ぎ分けられるかどうかがポイントになっているわけである。

薫の垣間見はなおも続けられる。浮舟は「こなたをばうしろめたげに思ひて、あなたざまに向きてぞ添ひ臥しぬる」（490頁）と顔を見せていなかったが、尼君がやってきたことで浮舟の警戒心が尼君に向き、そのため、

今ぞ起きゐたる。尼君を恥ぢらひて、そばみたるかたはらめ、これよりはいとよく見ゆ。まことにいとよしあるまみのほど、髪ざしのわたり、かれをも、くはしくつくづくと見たまはざりし御顔なれど、これを見るにつけて、ただそれと思ひ出でらるるに、例

の、涙落ちぬ。尼君の答へうちする声けはひ、宮の御方にもいとよく似たりと聞こゆ。（493頁）

のごとく薫から良く見えるようになった。ここでは大君との類似に加えて、中の君との声の類似まで提示されており、それによって薫は浮舟が八の宮の遺児であることを確信している。浮舟と中の君の類似は、大君との類似を保証するものでもあろうが、中の君にとってはそれ以上の意味を有さないものであった。

なお「かうばし」き香について、女房達の誰かが尼君に尋ねたのだろうか、

人の咎《とが》めつるかをりを、近くのぞきたまふなめりと心得てければ、うちとけごとも語らはずなりぬるなるべし。（宿木巻494頁）

とあって、さすがに尼君は薫がどこか近くから垣間見ているのだろうと推測してその場を立ち去っている。ただしこれは必ずしも尼君の嗅覚能力がすぐれているというのではなく、単に薫についての情報量の違いではないだろうか。

6　蜻蛉巻の垣間見

最後は蜻蛉巻で、中宮主催の御八講が行われている際、懇意の女房である小宰相の君を訪ねていた薫が、偶然女一の宮を垣間見る場面である。やはりここにも「あらはなり」という一文が添えられていた。

ここにやあらむ、人の衣の音すと思して、馬道の方の障子の細く開きたるより、やをら見たまへば、例、さやうの人のゐたるけはひには似ず、はればれしくしつらひたれば、なかなか、几帳どもの立てちがへたるあはひより見通されて、あらはなり。氷の物を蓋に置きて割るとて、もの騒ぐ人々、大人三人ばかり、童とゐたり。唐衣も汗衫《かざみ》も着ず、みなうちとけたれば、御前とは見たまはぬに、白き薄物の御衣着たまへる人の、手に氷を持ちながら、かくあらそふをすこし笑みたまへる御顔、言はむ方なくうつくしげなり。（蜻蛉巻248頁）

蜻蛉巻の垣間見で最も顕著なことは、聴覚の重視であろう。そもそも垣間見のきっかけは、薫が「人の衣の音」を耳にしたことであった。その音が薫を誘い、垣間見へと展開して

絵入源氏物語　蜻蛉巻

いく。探していた小宰相の君にしても、

「なかなかものあつかひに、いと苦しげなり。たださながら見たまへかし」とて、笑ひたるまみ愛敬づきたり。声聞くにぞ、この心ざしの人とはしりぬ。（蜻蛉巻249頁）

と、声を聞いて本人と判断している。登場に際しては「大将殿の、からうじていと忍びて語らひたまふ小宰相の君」（同245頁）と、いかにも薫と親密そうに描かれていたはずだが、ここを見る限り薫は小宰相の君の顔をはっきりとは見知っておらず、まだ御簾越しに会話を交わす程度の仲だったことになる。あるいは既に召人の関係であっても、いまだ顔をはっきりと見知っていなかったというのであろうか。やや不明瞭なところである。

またここでは、女房達が「唐衣も汗衫も着」けていなかったので、衣装による女主人との区別がつきにくかったことで、薫はまさかそこに女一の宮がいるとは予想もしなかったのだが、

「いな、持たらじ。雫むつかし」とのたまふ、御声いとほのかに聞くも、限りなくうれし。(同頁)

とあり、やはり聴覚によってそれと察している。それがどんなに「いとほのか」であっても、薫は女一の宮の声を聞き分けたのである(読者は「のたまふ」の使用によってわかる)。これによって、垣間見においては視覚だけでなく、聴覚も無視できない重要な要素であることが納得されるであろう。その反面、ここでは薫の強烈な匂いに関して一切コメントされておらず、ややご都合主義的な描写となっている。

ここで初めて薫は女一の宮を垣間見た。しかしながら先の椎本巻には、「女一の宮もかうざまにぞおはすべきと、ほの見たてまつりしも思ひくらべられて」(218頁)とあるように、以前女一の宮を「ほの見た」ことがあったことになっており、その点にいささか疑問が残る。なお椎本巻では中の君を見て女一の宮を連想していたが、その反対に女一の宮を見て中の君

を想起することはなかった。それにもかかわらず後の恋物語展開が閉塞しているのは、薫がこれ以上積極的な行動に出ないからであろうか。

この後、薫は妻である女二の宮に氷を持たせ、女一の宮を垣間見た場面を再現させるが、それは女一の宮のすばらしさを再確認することでしかなかった。ここでは女二の宮が女一の宮の形代とされているのであろう。そういった薫の奇異な行動も、垣間見の変容あるいは閉塞と考えたい。

まとめ

以上、宇治十帖における薫の四度に亘る垣間見を一例ずつ詳細に検証してきたわけだが、それぞれに特徴的であったと言うことができる。また視覚以外の聴覚・嗅覚という要素についても、正編以上に顕著になっていることが確認できた。薫の場合は芳香との関わりが最大の特徴とも言える。ただし薫の垣間見は、その後の恋物語展開には発展しにくい平凡な垣間見であった。それは野分巻における夕霧と似て、見る側の積極性のなさに原因があるとも言えるし、また垣間見そのものが単なる場面描写の方法として変容しているとも言える。

唯一、浮舟の垣間見だけが例外であるが、そこには故大君の形代であること、また浮舟の身分が低いことなど、別の特殊事情も加味されているので、必ずしも垣間見の効力の復活とは断言しがたい。薫や匂宮にとっての浮舟は、かなり軽い扱い（召人的存在）になっていることが、逆に垣間見の検討からも確認できたわけである。

第十章　匂宮の浮舟「垣間見」

1　中将の君の垣間見

宇治十帖における薫の垣間見を論じたところで（本書第九章）、匂宮の二度に亘る浮舟垣間見の重要性が無視できなくなってきた。そこで浮舟巻の垣間見を中心に、初回の垣間見との対比のみならず、薫の垣間見とも比較しつつ、その特徴を考察してみたい。

その前に、伏線的に浮舟の母である中将の君によって、匂宮と薫の対比的な垣間見が挿入されているので、まずそれを確認しておこう。浮舟の結婚が破談となった後、母中将の君は昔馴染みの大輔（かつての同僚か）という中の君付きの女房と連絡を取り、浮舟を中の君の住む二条院の西の対へ預けることにした。そこで中将の君は初めて匂宮を垣間見たのであった。

宮渡りたまふ。ゆかしくて物のはさまより見れば、いときよらに、桜を折りたるさましたまひて、わが頼もし人に思ひて、恨めしけれど心には違はじと思ふ常陸守より、さま容貌も人のほどもこよなく見ゆる五位、四位ども、あひひざまづきさぶらひて、このことかのことと、あたりあたりのことども、家司どもなど申す。（東屋巻42頁）

中将の君は匂宮そのものよりも、匂宮に跪《ひざまづ》く五位達を目の当たりにし、我が夫である常陸守との圧倒的な身分の差を見せつけられる。さらに「わが継子の式部丞にて蔵人なる」（同43頁）が匂宮の側に近づけもしないでいるありさまを見て、匂宮の高貴さを再確認するのであった。興味深いことに、ここで中将の君はストレートに匂宮の容貌を絶賛せず、身近な夫や継子との対比を通して、間接的に匂宮を評価している。現在の中将の君の物差し（評価基準）は、そのレベルでしかなかったのであろう。

その延長線上に、浮舟を袖にした少将までもが垣間見られる。

今ぞ参りてものなど聞こゆる中に、きよげだちて、なでふことなき人のすさまじき顔したる、直衣着て太刀佩《は》きたるあり。（45頁）

「直衣着て太刀佩きたるあり」は、『花鳥余情』に、蜻蛉日記馬頭はなよゝかなるなをしたちはきれいのことなれどあかいろのあふぎすこしみだれたるもて　（源氏物語古註釈叢刊二355頁）

とあって、『蜻蛉日記』天延二年四月条の藤原遠度《とおのり》の描写を下敷きにしているとされている。ただしこれを見た中将の君は、「少将をめやすきほどと思ひける心も口惜しく、げにことなることなかるべかりけりと思ひて、いとどしく侮《あなづ》らはしく思ひなりぬ」（東屋巻45頁）と、匂宮との比較の中で、少将を見下げている。

かつて八の宮の召人として、親王との身分違い故の悲哀を誰よりも味わっているはずの中将の君であったが、ひとたび匂宮の高貴な振る舞いを目にすると、「この御ありさま容貌《かたち》を見れば、七夕ばかりにても、かやうに見たてまつり通はむは、いといみじかるべきわざかな」（43頁）のように無条件に賞賛している。(1) あるいは中将の君の脳裏に、八の宮との幸福な日々が去来したのかもしれない。そこから不遜にも、「わがむすめも、かやうにてさし並べたらむにかたはならじかし」（44頁）と、浮舟を上流貴族と結びつけようと考えている。それは浮舟から常陸守の実娘に乗り換えた少将への意趣返しでもあったろう。あるいは幸福な中の君（継子）への対抗意識かもしれない。しかしながら、そのことが結果的に浮舟の運命を大きく狂わせることになろうとは、中将の君も思い至らなかったであろう。

その匂宮が宮中に参内した後、今度は入れ替わりに薫が二条院へやってきたので、これ幸いと中将の君は薫も垣間見る。いながらにして匂宮と薫の二人を垣間見ることができるチャンスなどそう多くはあるまい。ただ夫匂宮の留守にやってくるというのでは、間男的な感は否めまい。薫の来訪はそういった危険を孕んでいるはずである。そのことによって匂宮の嫉妬を生じさせ、それが浮舟を利用しての薫への意趣返しにもなっている。ここでは中将の君に、あえて二人の比較をさせることに意味を見出しておきたい。

この客人の母君、「いで見たてまつらん。ほのかに見たてまつりける人のいみじきものに聞こゆめれど、宮の御ありさまにはえ並びたまはじ」と言へば、御前にさぶらふ人々、「いさや、えこそ聞こえ定めね」と聞こえあへり。「いかばかりならん人か、宮を消ちたてまつらむ」など言ふほどに、今ぞ車より下りたまふなると聞くほど、かしがましきまで追ひののしりて、とみにも見えたまはず。待たれるほどに、歩み入りたまふさまを見れば、げに、あなめでた、をかしげとも見えずながらぞ、なまめかしうきよげなるや。すずろに、見え苦しう恥づかしくて、額髪などもひきつくろはれて、心恥づかしげに用意多く際もなきさまぞしたまへる。（51頁）

先ほどまで匂宮贔屓に傾いていた中将の君であるから、薫といえども匂宮に匹敵するとは思われなかったはずである。だからだろうか、半信半疑で薫を見た第一印象は「あなめでた、をかしげとも見えず」であった。ところがそれが反転して「なまめかしうきよげなる」と、魅力的なその姿にたちまち心を奪われている。そのことは、見えないはずの自分の額髪を思わずつくろうという、やや滑稽な描写が如実に示していた。その意味では、二人の優劣は薫に軍配が上がったことになる。両者の比較について、三谷邦明氏は「容姿よりも高貴さや性格・位階・高級な衣装などが、中将の君の薫認識の価値基準となっていたのである。皇族であることよりも、臣下の「際」に、中将の君の美的関心があったようである。この中将の君の薫評価は、これからの物語展開の上で、重要な意味を持つことになるはずである」（「閉塞された死という終焉とその彼方（一）」『源氏物語の方法』翰林書房・平成19年4月）と述べておられる。そのことは薫の残り香に言及されていることでも納得されよう。とはいえ中将の君の垣間見であるから、そのまま恋物語展開というわけにはいくまい。女性による男性垣間見は、恋物語展開の契機たりえないので、従来は重視されなかった。まして女房レベルによる垣間見は、むしろ男性主人公賛美の方法として機能していることが多い。

2　侍従の垣間見

この一連の垣間見を通して、物語は浮舟の母中将の君に匂宮と薫の優劣のみならず、浮舟のその後のあやにくな運命の予兆までも行わせているのではないだろうか。もちろん浮舟が匂宮と結ばれることになれば、異母姉である中の君と恋敵になってしまいかねない。それはかつての自らの人生の繰り返しにも似ていた。そうなるとここで垣間見ている中将の君は、浮舟の分身として機能していることになる。そういった危険性を孕んでいるからこそ、匂宮の存在が否応なく重要性を増してくるわけである。

その中将の君と対照的に、侍従の垣間見が設定されている。浮舟付きの侍従は、匂宮との一件が生じた際、右近に見込まれて唐突に登場し、匂宮との応対を一手に引き受けた女房である。浮舟失踪後も引き続き、

皆人どもは行き散りて、乳母とこの人二人なん、とりわきて思したりしも忘れがたくて、侍従はよそ人なれど、なほ語らひてあり経るに、（蜻蛉巻261頁）

と、乳母親子と最後まで一緒に宇治に残っていた。しかしながら「よそ人」とあるように乳

母親子と一体ではありえず、京のみすぼらしい家に移ったところを匂宮が尋ね出して、二条院への出仕を打診されるが、

御心はさるものにて、人々の言はむことも、さる筋のことまじりぬるあたりは聞きにくきこともあらむと思へば、うけひききこえず、后の宮に参らむとなんおもむけたれば、（蜻蛉巻262頁）

と、中の君のいる二条院への出仕は遠慮し、明石中宮への出仕を希望する。匂宮はかつて「姫宮にこれを奉りたらば、いみじきものにしたまひてむかし」（浮舟巻155頁）と、浮舟を女一の宮の元へ出仕させることを考えていたので、侍従の出仕は浮舟の代理ということになる。

中宮の元へは薫も伺候することがあるので、侍従は「大将殿も常に参りたまふを、見るたびごとに、もののみあはれなり」（同頁）と、薫を見るにつけ浮舟のことが思い出されるのだった。ただし「見つけられたてまつらじ、しばし、御はてをも過ぐさず心浅しと見えたてまつらじ」（266頁）とあるように、浮舟の喪も明けないうちに出仕していることを恥ずかしく思って、薫との対面を避けていた。そうこうするうちに、

例の、二ところ参りたまひて、御前におはするほどに、かの侍従は、ものよりのぞきたてまつるに、いづ方にもいづ方にもよりて、めでたき御宿世見えたるさまにて、世にぞおはせましかし、あさましくはかなく心憂かりける御心かな、など、人には、そのわたりのことかけて知り顔にも言はぬことなれば、心ひとつに飽かず胸いたく思ふ。（265頁）

と薫と匂宮の二人が揃うこともあった。中将の君の場合は、同時ではなく一人ずつ別々に垣間見たが、侍従は同時に二人を垣間見ている。ただし今となっては二人の比較・優劣は行われず、浮舟がどちらでもいいから一緒になって幸せになっていたらと、半実仮想的に過去を回想するばかりであった。この侍従の回想こそは、中将の君による浮舟の運命の予兆と呼応しているのではないだろうか。

3　最初の浮舟垣間見

さて、肝心の匂宮による最初の浮舟垣間見は、中将の君による垣間見の翌日の夕刻に行われている。あいにく中の君が洗髪の最中だったので、退屈した匂宮は西の対の西廂に見慣れない女童を見かけ、そこから今参りの女房の存在を想定して興味を示す。

宮はたたずみ歩きたまひて、西の方に例ならぬ童の見えけるを、今参りたるかなど思してさしのぞきたまふ。中のほどなる障子の細目に開きたるより見たまへば、障子のあなたに、一尺ばかりひき離けて屏風立てたり。そのつまに、几帳、簾に添へて立てたり。帷子一重をうち懸けて、紫苑色のはなやかなるに、女郎花の織物と見ゆる重なりて、袖口さし出でたり。屏風の一枚畳まれたるより、心にもあらで見ゆるなめり。今参りの口惜しからぬなめりと思して、この廂に通ふ障子をいとみそかに押し開けたまひて、やをら歩み寄りたまふも人知らず、こなたの廊の中の壺前栽のいとをかしう色々に咲き乱れたるに、遣水のわたりの石高きほどいとをかしければ、端近く添ひ臥してながむるなりけり。開きたる障子をいますこし押し明けて、屏風のつまよりのぞきたまふに、宮とは思ひもかけず、例、こなたに来馴れたる人にやあらんと思ひて起き上がりたる様体、いとをかしう見ゆるに、例の御心は過ぐしたまはで、衣の裾をとらへたまひて、こなたの障子は引きたてたまひて、屏風のはさまにゐたまひぬ。（東屋巻60頁）

浮舟が何心なく前栽を眺めていたところへ、「今参りの口惜しからぬ」女房と誤解した匂宮が突然迫ってくる。好色な匂宮は、「さぶらふ人々もすこし若やかによろしきは見棄てたまふなく、あやしきひとの御癖なれば」（64頁）とあるように、常々今参りの気に入った女房に手を付けていたのである。これが当時の女房の実態なのであろうか。一方の浮舟は、迫る相手を匂宮とは認定できず、単純に「ただならずほのめかしたまふらん大将にや、かうばしきけはひなども思ひわたさるる」（61頁）と、「かうばしき」匂いからの連想で、かねて聞いていた薫ではないかと誤解している。この嗅覚による誤解、言い換えれば匂宮と薫の混同は、浮舟巻でもう一度問題化するが、ここでは浮舟が匂宮を薫と混同していることを押さえておきたい。それは浮舟の嗅覚能力の問題であるだけでなく、匂宮が薫の芳香を模倣しているからでもあった（三田村雅子説）。

ところで、この垣間見が他と最も異なるのは、匂宮にとっては自分の邸での垣間見ということで、誰はばかることなく自由に振る舞える点である。この設定に近いのが、宿木巻の薫による浮舟垣間見であろうか。要するに匂宮も薫も、労せずして自分のテリトリーにやってきた浮舟を、垣間見ているわけである。特に匂宮の場合、我が家である二条院でのできごとであるから、背徳的な罪の意識など微塵もあるまい。スリリングな緊張感すら欠落しており、匂宮にとっては日常における単なる性的衝動ではないだろうか。この場合、浮舟が姫君待遇など受けていないことは明らかであろう。そうなるとこれも従来の分類にあてはまらない特殊な垣間見ということになる。これなど中の君への代償行為と考えると、八の宮と中将の君の関係の繰り返しということになる。

ここで浮舟の窮地を救ったのは、浮舟の乳母（まま）の無粋なまでの抵抗だった（これこそ乳母の論理である）。真っ先に浮舟の異変に気付いた乳母は、

乳母、人げの例ならぬをあやしと思ひて、あなたなる屏風を押し開けて来たり。「これはいかなることにかはべらん。あやしきわざにもはべるかな」と聞こゆれど、憚りたまふべきことにもあらず。（61頁）

と駆けつけて咎め立てをするが、邸の主人である匂宮は憚りもしない。そうこうするうちに乳母は、

馴れ馴れしく臥したまふに、宮なりけりと思ひはつるに、乳母、言はん方なくあきれてゐたり。（62頁）

と、男が匂宮だと気づき呆然とする。相手が匂宮では手の施しようがないからである。しかしながら、それでも乳母の必死の抵抗は続く。そこにタイミングよく大輔の娘右近が格子を下ろしにやって来たのを幸いに、

乳母、はた、いと苦しと思ひて、ものづつみせずはやりかにおぞき人にて、「もの聞こえはべらん。ここに、いとあやしきことのはべるに、見たまへ困じてなんえ動きはべらでなむ」、（同頁）

と急場を訴える（「あやし」は乳母のキーワード）。本来ならばこういったことは他人に知られないように秘密にするところであるが、この乳母は性格的な面も手伝って、右近に助けを求めているのである。そのただならぬ声によって異常事態に気付いた右近は、

げにいと見苦しきことにもはべるかな。右近はいかに聞こえさせん。いま参りて、御前にこそは忍びて聞こえさせめ。（63頁）

と匂宮を牽制するが、この程度のことで匂宮を諫めることができるはずもあるまい。その知らせを耳にした中の君でさえ、浮舟を助けてやることはできなかった（自分の妹とは思っていないのかもしれない）。

幸運なことに、匂宮の母である明石中宮の病を知らせる使者が来訪したことで、匂宮も急ぎの参内を余儀なくされ、かろうじて浮舟は事なきを得た。事件を知った母中将の君は、す

ぐに浮舟を三条の小家に移すことで、二度と匂宮の魔の手が伸びないようにした。その後、浮舟は弁の尼の仲介によって訪れた薫とすんなり結ばれる。薫は亡き大君の形代として、浮舟を宇治に据える。しかし薫の浮舟に対する扱いにしたところで、匂宮とたいして変わるまい。失敗した匂宮と成功した薫の違いは、仲介の女房を味方にしているか否かであろう。

4　二度目の浮舟垣間見

一方の匂宮は、「宮、なほかのほのかなりし夕を思し忘るる世なし」（浮舟巻105頁）と、浮舟のことを忘れられないでいた。このややオーバーな一文は、源氏における空蝉や夕顔の場合とどこことなく類似している。そうこうするうちに、宇治にいる浮舟からの消息が小さき童によってもたらされる。前の東屋巻でも女童の存在がポイントであったが、ここでも小さき童の軽薄な行動が、浮舟発覚の発端となっている。物語展開における童の重要性には留意すべきであるが[(2)]、浮舟側の不用意さも看過できまい。

勘のいい匂宮であるから、

宇治より大輔のおとどにとて、もてわづらひはべりつるを、例の、御前にてぞ御覧ぜさせんとて取りはべりぬる。（109頁）

という不用意な童の発言から、最初は差出人を薫ではないかと疑う。ここに登場している「大輔のおとど」は、中の君が匂宮に引き取られる際、唯一牛車に同乗しており、そのことから中の君付きのナンバーワンの女房であることが察せられる。必然的に弁の尼や中将の君とも旧知（元同僚）の仲だった。結局、手紙は女の手で書かれていたことから疑いは晴れるが、今度はこの差出人こそは浮舟ではないかと思い当たる。そこで家司の大内記に頼んで調査してもらい、自らも宇治行きを決行するのであった。

宵を過ぎる頃に宇治に到着した匂宮は、さっそく邸内に侵入して垣間見を行う。(3)

やをら上りて、格子の隙あるを見つけて寄りたまふに、伊予簾はさらさらと鳴るもつつまし。新しうきよげに造りたれど、さすがに荒々しくて隙ありけるを、誰かは来て見むともうちとけて、穴も塞がず、几帳の帷子うち掛けて押しやりたり。灯明うともして物縫ふ人三四人ゐたり。童のをかしげなる、糸をぞよる。これが顔、まづかの灯影に見たまひしそれなり。うちつけ目かとなほ疑はしきに、右近と名のりし若き人もあり。君は腕を枕にて、灯をながめたるまみ、髪のこぼれかかりたる額つきいとあてやかになまめきて、対の御方にいとようおぼえたり。（浮舟巻119頁）

絵入源氏物語　浮舟巻

匂宮は格子の隙を見つけ、そこから中を覗こうとする。この「隙」は「穴」であろうか。「伊予簾」が鳴るのは、格子（一枚格子か）と簾の隙間に匂宮が入ったからである。『枕草子』二六段「にくきもの」に、「伊予簾などかけたるに、うちかづきて、さらさらと鳴らしたるも、いとにくし」（新編全集67頁）とあるのが参考になる。もし「さらさら」という音が相手の耳に聞こえたら、誰かが垣間見ていることがわかってしまうだろう。幸い油断して几帳の帷子まで掛けられていたので、匂宮は部屋の中を見通すことができた。しかも囲碁の場合と同様、縫い物のために灯火が近づけられていたので、そこにいる人々の顔までよく見えたのである。

ただしここに「かの灯影に見たまひしそれなり」とあるのは解せない。ここで匂宮は東屋巻の記憶をたどりながら、眼前の状況と二重写しにして人物を確認しているわけだが、実は東屋巻では「まだ大殿油もまゐらざりけり」(東屋巻62頁)とあって、灯火ではなく夕闇(薄暮)の中で見たはずだからである。新編全集の頭注には「東屋巻に「大殿油は灯籠にて」(62頁)とあった」と記されているが、この灯籠は浮舟の部屋にあるわけではあるまい。続く「右近と名のりし若き人」にも疑問がある。確かに東屋巻に「右近はいかに聞こえさせん」(同頁)とあった。しかしながら東屋巻の右近(大輔の娘)は中の君付きの女房であるはずだから、今ここで浮舟の側に仕えているというのはおかしい。ここにいる同名の右近(乳母の娘)は、東屋巻の右近とは別人と見る方が自然ではないだろうか。

最後に匂宮の視線は、お目当ての浮舟に注がれる。その浮舟の呼称が、「君」となっている点には注意する必要があろう。浮舟は東屋巻と同様に、ここでも横になっていた。その印象は「対の御方にいとようおぼえたり」(浮舟巻120頁)とある。浮舟の「君」に対して中の君は「対の御方」となっており、匂宮の意識における呼称による身分の違いは明らかであった。また浮舟の素性を知らない匂宮によって指摘された中の君との容貌の類似は、読者にとってはゆかりの構想を想起させる一文である。同様のことは薫の垣間見でも「宮の御方にもいとよく似たり」(宿木巻493頁)とあった。しかしながら匂宮はそれ以上の詮索を放棄しており、ゆかりの構想は不発に終わっている(親類の女房レベル?)。

以下、右近の打ち解けた日常会話がなされ、それに「向かひたる人」が答え、また「ある

は」（別の女房）も口をはさんでいる。話が浮舟の乳母に及んだことで、再度乳母子の右近が、

右近、「などて、このままをとどめたてまつらずなりにけむ。老いぬる人は、むつかしき心のあるにこそ」と憎むは、乳母やうの人を譏るなめり。げに憎き者ありきかしと思し出づるも、夢の心地ぞする。（121頁）

と乳母のことを話題にしたことで、匂宮はかつての乳母の抵抗を想起する。「まま」とあるのは右近にとっての母の呼称ではなく、浮舟にとっての乳母のことである。何気なく語られている浮舟の乳母の不在にしても、それによって匂宮の侵入を可能にしていることについては、乳母論の中で述べた通りである（吉海「まま考」「浮舟巻の乳母達」『平安朝の乳母達―『源氏物語』への階梯―』（世界思想社）平成7年9月）。匂宮にとって乳母の不在は願ってもないことであった。

女房達のとりとめもない会話はさらに続いており、匂宮は垣間見以上に「立ち聞き」によってさまざまな情報を入手し、それを頭の中で再構築しているわけである。雑談が中の君（宮の上）のことに及んだところで、浮舟は、

君すこし起き上がりて、「いと聞きにくきこと。よその人にこそ、劣らじともいかにと

も思はめ、かの御事なかけても言ひそ。漏り聞こゆるやうもあらば、かたはらいたからむ」など言ふ。（122頁）

と制止している。新編全集の頭注には「口さがない陰口をきく女房たちの間にあって、浮舟ひとりは、主人格らしい思慮と気品を備えており、匂宮の心をそそる。かいま見による女性の姿態描写が、のぞき見る人物の次の行動を誘発する。物語の含む演劇的要素ともいえよう。」（122頁）と記されている。確かにその通りなのだが、匂宮にとっての浮舟は必ずしも理想の女性ではないのだから、そういった展開が妙に空しいものに思えてならない。

浮舟が口にした「よその人」云々という発言から、匂宮はようやく浮舟が中の君の血縁者であることを察し、

何ばかりの親族にかはあらむ、いとよくも似通ひたるけはひかな、と思ひくらぶるに、心恥づかしげにてあてなるところは、かれはいとこよなし。これは、ただ、らうたげにこまかなるところぞいとをかしき。（同頁）

と二人の類似点と相違点が反芻されているが、やはりこの場限りであった。

薫の場合は、亡き大君の形代としての役割を担わされた浮舟であるが故に、大君との二重写しも納得させられる。しかし中の君健在の匂宮にとっては、類似も血縁（異母姉妹かどうか）もほとんど問題になっていない。恐らく中の君は浮舟の素性を匂宮に明かしていないのであろう。たとえ浮舟が中の君の異母妹だということを知ったとしても、匂宮の行動に大きな変化はあるまい。匂宮にとっての浮舟は、むしろ八の宮における北の方（叔母）と中将の君（姪）の関係に近いものであって、ゆかりの構想とは切り離された血縁の召人という構造になっているようである。ここに至って、初めて垣間見論と召人論が交錯することになった。垣間見論において、召人をどう扱うかはまだ検討されていない。というよりも、女性の身分が低ければ、あまり苦労しないで手に入れることができるので、物語としての発展性が認められないようである。浮舟に関しては、薫にしても匂宮にしても女房待遇しており、その点が従来の垣間見論とは異なっている。

5　垣間見の特徴

そうこうするうちに右近は、

いとねぶたし。昨夜もすずろに起き明かしてき。つとめてのほどにも、これは縫ひて

む。急がせたまふとも、御車は日たけてぞあらむ。（123頁）

と言って縫い物を中断し、仮眠を取ることになった。この何気ない右近の発言には、実は重要な情報が含まれていた。つまり浮舟は明日外出するらしいが、迎えの車が来るのは朝遅くであるらしいということである。実は明日、浮舟は母中将の君と一緒に石山寺詣でに出かける予定だった。宿木巻における薫の浮舟垣間見は、初瀬詣での帰途であった。匂宮の垣間見は石山詣での前途であり、二つの垣間見は初瀬と石山の観音信仰を下敷きにしているとも読める。

これを立ち聞いた匂宮は、今夜が好機とばかりに行動に出るわけだが、この状況設定は縫い物といい明朝の迎えといい、若紫巻における源氏の紫の上引き取りの構造に類似しているように思われる。ただし源氏が少納言の乳母を味方にしていたのに対して、匂宮は浮舟の乳母とは敵対しており、だからこそその乳母の不在に乗じて成功している点に違いがある。

匂宮は右近の寝入りばなを狙い、

ねぶたしと思ひければいととう寝入りぬるけしきを見たまひて、またせむやうもなければ、忍びやかにこの格子を叩きたまふ。右近聞きつけて、「誰そ」と言ふ。声づくりた

まへば、あてなる咳と聞き知りて、殿のおはしたるにやと思ひて起きて出でたり。(123頁)

と行動に出る。「けしきを見たまひて」とあるのは、灯火がつけっぱなしなっていたからである。匂宮は薫の声を模して右近を欺き、まんまと格子を開けさせることに成功する。右近は二人の高貴な咳の違いさえも判別できなかった。というよりも匂宮が薫を模倣することに慣れていたというべきであろうか。匂宮は視覚的に見破られることを恐れて、途中で追いはぎにでもやられたような作り話を聞かせ、

「道にて、いとわりなく恐ろしきことのありつれば、あやしき姿になりてなむ。灯暗うなせ」とのたまへば、「あないみじ」とあわてまどひて、灯は取りやりつ。(124頁)

と灯を遠ざけさせ、まんまと浮舟の寝所に入り込む。嗅覚に鈍感な右近は、

いと細やかになよなよと装束きて、香のかうばしきことも劣らず。(125頁)

と薫と匂宮の香の違いも嗅ぎ分けられなかった。肝心の浮舟は「あらぬ人なりけり」(同頁)

と気付くが、その際香の違いを嗅ぎ分けたかどうかは不明である。かつて東屋巻で抱きすくめられた際、浮舟には「なごりをかしかりし御移り香も、まだ残りたる心地して」（83頁）と匂宮の移り香が付着していたはずであるが、その記憶はここで回想されていない。

なお三谷邦明氏は、この場面が『落窪物語』の引用であることを、「格子のはさま」に対して「格子の隙」、「消えぬべく灯ともしたり」に対して「灯明かうともして」、帯刀惟成に対して大内記道定、あるいは縫い物の共通性など、この場面は落窪物語を意図的に引用している可能性がある。とするならば、落窪の姫君と同様に、浮舟を宇治の山荘から盗みだすという期待の地平を、読者に与えていると言えよう。

と分析しておられる（「〈語り〉と〈言説〉」『源氏物語の言説』（翰林書房）平成14年5月）。そうするとこの垣間見は、『落窪物語』と東屋巻を二重に引用していることになる。ただそうだとしても匂宮の浮舟垣間見の特徴は、二度の垣間見場面が設定され、そして二度目に結ばれていることであろう。その意味ではやや冗漫な展開とも言える。

もちろんその間に浮舟は、大君のゆかりを求める薫と結ばれているのであるから、匂宮との逢瀬は浮舟にとって決して幸福な結末とはなりそうもない。むしろ匂宮の浮舟接近は、中の君をめぐる薫への対抗意識を伴っており、やはり従来の垣間見とは質を異にしたものであると言わざるをえまい。

まとめ

以上、宇治十帖においては垣間見がしばしば設定されており、垣間見によって物語が展開しているとも言える。垣間見の回数は薫が多いが、対象を浮舟に限定すると匂宮も二度垣間見ており、薫と同等以上の重要性が浮上してくる。

浮舟は薫と匂宮の両者に垣間見られ、さらにその両者と肉体的にも結ばれることで、複数の高貴な男性に翻弄される運命を担わされていたことになる。(4) しかしながら、浮舟を奪い合う薫と匂宮の決裂は生じておらず、光源氏と頭中将における夕顔を彷彿させるような、浮舟の扱いの低さがかえって浮き彫りになってきたと言えよう。その意味でも正編とは異質な垣間見ということになる。

また匂宮の薫への異常な対抗意識を仮定すると、中の君との結婚を含めて、浮舟争奪戦の説明もつきやすいのではないだろうか。

第十一章　「あらは」考

1　「あらは」の用例

垣間見論の再検討を行う中で、主要な垣間見場面に形容動詞「あらはなり」という語が多用されていることに気が付いた。そこであらためて「あらはなり」に注目し、重複を恐れずに用例の検討を行い、それが垣間見において重要な語であることを論じてみたい。

「あらはなり」の意味は丸見えということだが、そうであれば見られる側においては用心・警告の言葉ということになる。つまり丸見えだと困るから、それに対処せよということである。確かに油断しなければ、垣間見を未然に防ぐことはできるはずである。そのことは西村亨氏も、

貴族の女性自身もそういう警戒を怠らなかったし、傍近く仕えている侍女たちも、いつも、それに気を配っている。物語・日記の上では、女性たちがしばしばあらはなりということばでその警戒を述べている。

（「かいまみ」『新考王朝恋詞の研究』おうふう・平成6年10月、52頁）

と指摘しておられる。一方、見る側にとってはそれが願ってもない絶好のチャンスであり、垣間見への移行をスムーズにする役割を担っている。要するに「あらはなり」は垣間見へと誘うキーワードとなっているのである。

そこでまず『源氏物語』における用例を調べてみたところ、全部で47例が見つかった。巻ごとの分類は次のようになっている。

桐壺巻	1	空蝉巻	2	若紫巻	3	紅葉賀巻	1	須磨巻	1
明石巻	1	澪標巻	1	薄雲巻	2	螢巻	1	野分巻	5
行幸巻	1	藤袴巻	1	真木柱巻	1	藤裏葉巻	1	若菜上巻	5
若菜下巻	3	柏木巻	1	横笛巻	1	夕霧巻	3	鈴虫巻	1
椎本巻	2	総角巻	2	宿木巻	3	東屋巻	1	蜻蛉巻	2
手習巻	1								

約半数の二十六巻に用例が認められる。用例が多いのは野分巻と若菜上巻の5例であるが、巻の分量を勘案すれば野分巻の方が頻度が高いことになる。これは夕霧によって六条院

の垣間見が行われているからに他ならない。垣間見場面との関連も認められそうなので、「あらはなり」の用例を展望してみたい。

ついでながら宮島達夫氏編『古典対照語い表』（笠間書院）を参照したところ、「あらはなり」は『蜻蛉日記』3例・『枕草子』8例・『紫式部日記』1例・『更級日記』2例・『大鏡』4例となっており、やはり『源氏物語』の用例が断然多かった（『うつほ物語』に14例あり）。しかも『枕草子』などは、

知らぬところに、闇なるに行きたるに、あらはにもぞある、とて、火もともさで、さすがに並みゐたる。（新編全集「六八おぼつかなきもの」122頁）

とあって、姿を見られては困るので火（照明）をつけないという例なので、垣間見とは無縁であった（火をつけると見られる恐れがあるわけである）。

2　垣間見と「あらは」

『源氏物語』における「あらはなり」の初出は桐壺巻である。桐壺帝から藤壺の入内を勧められた母后の感想の中に、

あな恐ろしや。春宮の女御のいとさがなくて、桐壺更衣のあらはにはかなくもてなされし例もゆゆしう。（桐壺巻42頁）

と出ている。ただしこれは「露骨に」の意味なので、垣間見とは無縁のようである。

次の空蝉巻では、小君が格子を上げて入ってきたことに対して、

我は南の間より、格子叩きののしりて入りぬ。御達、「あらはなり」と言ふなり。「なぞ、かう暑きにこの格子は下ろされたる」と問へば、「昼より西の御方の渡らせたまひて、碁打たせたまふ」といふ。（空蝉巻118頁）

と御達（老女房）にとがめられている。小君が御達に、暑いのに何故格子を閉めているのかと尋ね返したところ、西の御方つまり継子の軒端の荻が来訪している旨が伝えられる。ここで御達が「あらはなり」と警告を発したのは、いつもと違って「あらは」では困る来客があることに起因するようである。この会話が引き金となり、源氏は「簾のはさま」(1)から二人が囲碁をしているところを垣間見るわけだが、そうするとこの御達の発言は、警戒のためであるにもかかわらず、結果的に源氏の空蝉垣間見を促していることになる。これこそ垣間見を誘

発する聴覚の機能であった。

　ここから囲碁の対局をしている空蝉と軒端の荻の垣間見場面が展開するわけだが（本書第四章）、源氏の目に映った軒端の荻は、「胸あらはにばうぞくなるもてなしなり」（120頁）とあるように、無警戒ではしたない姿であった（天鈿女命《あめのうずめのみこと》のイメージ？）。この「あらは」は本来は単なる露出の意味であろうが（雲居の雁に継承）、ここでは垣間見場面の中で用いられているので、ここに例示しておきたい。垣間見とかかわりのある「あらはなり」は、帚木巻の用例が嚆矢ということになる。

　続いて若紫巻では、僧坊の様子が「ここかしこ、僧坊どもあらはに見おろさるる」（若紫巻200頁）とあり、また「きよげなる童などあまた出で来て、閼伽《あか》奉り、花折りなどするもあらはに見ゆ」（201頁）とある。2例とも「あらはに＋見」であり、源氏側からの視覚に入っている。だからこそそれがきっかけになって、「かの小柴垣のもとに立ち出でたまふ」（205頁）と垣間見へ誘われているのである。

　ここでは眺望のきく高いところから眺めたというだけでなく、覗かれる側の油断もあったようである。そのことは源氏が来ていることを知った僧都の、

僧都あなたより来て、「こなたはあらはにやはべらむ。今日しも端におはしましけるか

な。この上の聖の方に、源氏の中将の、瘧病まじなひにものしたまひけるを、ただ今なむ聞きつけはべる。いみじう忍びたまひければ知りはべらで、ここにはべりながら御とぶらひにもまうでざりける」とのたまへば、「あないみじや。いとあやしきさまを人や見つらむ」とて簾おろしつ。（209頁）

という発言によって察せられる。源氏来訪の情報が伝わっていなかったために油断していたのであろう。これを聞いた祖母尼君は慌てて簾を降ろさせるが、既に源氏から垣間見られた後であった。こうしてみるとこの「あらはなり」は、見られる側の油断を表出している例であり、不注意を咎める発言と言えそうである。その意味でも垣間見のキーワードたりえている。

第二部若菜上巻には「あらはなり」が5例あるが、そのうちの3例は垣間見とは無縁の例である。残りの2例は、女三の宮の立ち姿を柏木と夕霧が垣間見る場面に効果的に用いられている。そこでは庭前で行われている蹴鞠を見物すべく、若い女房達が御簾の前に集っているのだが、その中に女三の宮も交じっていた。偶然、女三の宮の唐猫が別の猫に追いかけられ、御簾の外に逃げ出すという事件が起きる。その猫の紐が御簾に引っかかって、偶発的に御簾を開けてしまった。

御几帳どもしどけなく引きやりつつ、人げ近く世づきてぞ見ゆるに、唐猫のいと小さくをかしげなるを、すこし大きなる猫追ひつづきて、にはかに御簾のつまより走り出づるに、人々おびえ騒ぎてそよそよと身じろきさまよふけはひども、衣の音なひ、耳かしがましき心地す。猫は、まだよく人にもなつかぬにや、綱いと長くつきたりけるを、物にひきかけまつはれにけるを、逃げむとひこじろふほどに、御簾のそばいとあらはに引き上げられたるをとみに引きなほす人もなし。（若菜上巻140頁）

正面からであれば、位置的に見えることはなかっただろうが、柏木と夕霧は階段で休んでいたので、開いた御簾の隙間から女三の宮の立ち姿が丸見えになったのである。

几帳の際すこし入りたるほどに、袿姿にて立ちたまへる人あり。階より西の二の間の東のそばなれば、紛れどころもなくあらはに見入れらる。（141頁）

ここでは男二人が同時に女三の宮を垣間見るわけだが、しかしながら柏木と夕霧の反応は大きく異なっていた。その点、垣間見が必ずしも恋物語的展開を保証するものではないことになる。ここでは垣間見る側の二人が比較されていることに留意したい（本書第八章参照）。

なおこの垣間見に関して『うつほ物語玉琴』（注釈書）には、

この物語に見えし、犬宮の童ども御簾のもとに飛びかふ蝶を取らむと立ち迷ひて、御前なる御簾を風の吹き上げしをも知らざりしことを、かの物語には、唐猫のこととなし、人々の立ち迷ふをも、怖ぢ騒げるさまに言ひなせし。（国文研本133頁）

と記されており、『うつほ物語』の引用であることを説いている。なるほど楼の上上巻には、

「ころよ、ころよ」とて、簾のもとに何心なく立ちたまへるに、風の、簾を吹き上げたる、立てたる几帳のそばより、傍ら顔の透きて見え給へる様体、顔、いとはなやかにうつくしげに、「あなめでたのものや」と見え給ふを、え念じたまはで、笑みて見やり給ふに、大将、「あやし」と見おこせ給まふ。あらはなれば、「いと不便なりや」とて立ちたまへば、（おうふう版864頁）

とあって、立ち姿の犬宮が簾の隙間から見えており、それを仲忠と涼が垣間見ていること、また「あらは」が用いられていることも含めて、女三の宮の場面に類似している。

いずれにせよ若菜上巻の「あらはなり」は、間違いなく垣間見のキーワードたりえていると言えよう。

3　野分巻の「あらは」

肝心の野分巻には「あらはなり」が5例用いられているが、その中で次の1例は垣間見とは無関係の用例である。

何ばかりあらはなるゆゑゆゑしさも見えたまはぬ人の、奥ゆかしく心づかひせられたまふぞかし。（野分巻275頁）

これは源氏が紫の上に、秋好中宮の人柄を語っているところであるから、除外しておきたい。そうすると垣間見に関わるのは4例ということになる（それでも多い）。その4例は比較的近接したところで多用されていた。まず野分の吹き荒れた六条院を訪れた夕霧が、開いている妻戸から紫の上を垣間見る場面に、

中将の君参りたまひて、東の渡殿の小障子の上より、妻戸の開きたる隙を何心もなく見

入れたまへるに、女房のあまた見ゆれば、立ちとまりて音もせで見る。御屏風も、風のいたく吹きければ、押したたみ寄せたるに、見通しあらはなる廂の御座にゐたまへる人、ものに紛るべくもあらず、気高くきよらに、さとにほふ心地して、（264頁）

と用いられている。前栽の草花を端近に見ていた紫の上を偶然垣間見た夕霧は、その美しさを「春の曙の霞の間より、おもしろき樺桜の咲き乱れたるを見る心地す」（同頁）と形容している。その美しさに動揺する夕霧だが、父源氏の思慮を思い返して「けはひ恐ろしう」感じ、自制・自重してその場を立ち去ろうとする。

その夕霧の耳に、

いとうたて、あわたたしき風なめり。御格子おろしてよ。男どももあるらむを、あらはにもこそあれ。（266頁）

という源氏の声が聞こえてきたので、再び戻って今度は源氏と紫の上の二人を垣間見ている。ここは聴覚が垣間見の導入となっている例である（本書第七章）。源氏の「もこそ」という警告にもかかわらず、格子は急には降ろされなかった。これは昼間のできごとであるから、見られる側が「あらは」であれば、見る側も当然「あらは」な状態になる。そのため夕霧は、「この渡殿の格子も吹き放ちて、立てる所のあらはになれば、恐ろしうて立ち退きぬ」（同頁）と、発見されるのを恐れて再度垣間見を中断している。

夕霧が二度も「恐ろし」と感じていることについて、新編全集の頭注には、「源氏と紫の上の様子をかいま見て、禁忌に触れた思い。前にも「けはひ恐ろしうて」とあった」（同頁）と記されている。これは源氏の教育の成果であろう。

垣間見ていたことを気づかれないように「今参れるやうにうち声づくりて、簀子の方に歩み出で」（同頁）た夕霧であるが、源氏は、

されぱよ、あらはなりつらむ、とてかの妻戸の開きたりけるよ、と今ぞ見とがめたまふ。（同頁）

と、夕霧に垣間見られたかもしれないと思っている。「さればよ」とは、先の「御格子おろしてよ。男どもあるらむを、あらはにもこそあれ」を受けたものであろう。源氏の呼びかけは逆に夕霧を呼び戻してしまったのだった。その翌朝、放心状態の夕霧を不審に思った源氏は、「昨日、風の紛れに、中将は見たてまつりやしてけむ。かの戸の開きたりしによ」（276頁）

と紫の上に告げている。

「あらはなり」とは、見られる側の警戒心を表出する語であるが、それは同時に見る側に今が垣間見るチャンスであることを知らせる音声シグナルとしても機能しているようである。「あらはなり」の有する二面性に留意したい。

4　宇治十帖の「あらは」

宇治十帖において、垣間見は薫の特権であった。橋姫巻で最初に大君・中の君を垣間見た後、椎本巻で再度姉妹を垣間見ている。

ここもとに几帳をそへ立てたる、あな口惜しと思ひてひき帰るをりしも、風の簾をいたう吹き上ぐべかめれば、「あらはにもこそあれ。その御几帳押し出でてこそ」と言ふ人あなり。（椎本巻216頁）

薫は試みに障子の穴から覗いてみたが、几帳が邪魔になって見えないので諦めて引き返そうとしたところ、突然風が吹いて簾を吹き上げたので、急遽簾の側に几帳が並べられた。薫にとっては都合良く、遮っていた几帳が取り除かれてしまったのである。そこであらためて障子の穴から覗くわけだが、声を聞いて引き返すのは野分巻の夕霧の焼き直しであろうか。いずれにせよ「あらはにこそ」という女房の声が薫の耳に届かなければ、垣間見は不可能であった。その意味ではやはり聴覚が垣間見を導入していることになる。あるいは風が薫の垣間見を助けたと読むべきであろうか（これも野分巻の夕霧に共通する）。

さて薫が垣間見る中、中の君の次に膝行してきた大君は、直感的に「かの障子はあらはにもこそあれ」（同218頁）と発言している（やはり野分巻の源氏の発言に類似）。もちろん大君は薫が垣間見ていることに気づいたわけではない。これによって薫や、その目に同調している読者を一瞬緊張させるものの、結局は大君の用心深さを表すに留まっている。この「あらはにもこそ」は、大君側の用心深さを示すことで、結果的に大君の評価を高めていることになる。

続いて薫が浮舟を垣間見る場面に、

この寝殿はまだあらはにて、簾もかけず、下ろし籠めたる中の二間に立て隔てたる障子の穴よりのぞきたまふ。（宿木巻488頁）

と出ている。新築の邸にはまだ簾も懸けられておらず、そのため障子の穴から丸見えになっていた。薫の目に映った浮舟は、また、おとなびたる人、いま一人下りて、「はやう」と言ふに、「あやしくあらはなる心地こそすれ」と言ふ声、ほのかなれどあてやかに聞こゆ。「例の御事。こなたは、さきざきもおろしこめてのみこそはべれ。さては、また、いづこのあらはなるべきぞ」と、心をやりて言ふ。（同489頁）

と用心している。田舎育ちの浮舟だが、ここでは誰かに覗かれているような気配を感じ取っており、それが浮舟の品格を高めている。これは椎本巻の大君の警戒心にそっくりであった。女房達はそれを「例の御事」として取り上げないが、そこに女房の油断、換言すれば女房の質の低さが暗示されていることになる。浮舟の用心深さは大君の形代としての浮舟の存在を強調しているように思われる。用心のために「扇をつとさし隠したれば」（同頁）と顔を隠しているのもその現れであろう。

さらに薫が偶然女一の宮を垣間見る場面は、

例、さやうの人のゐたるけはひには似ず、はればれしくしつらひたれば、なかなか、几帳どもの立てちがへたるあはひより見通されて、あらはなり。（蜻蛉巻248頁）

と描写されている。法要のために女一の宮は普段とは異なる部屋に移り、そのために几帳のすき間から「あらは」に見られてしまう。ただし垣間見ているところを女房に見咎められた薫はさっさと身を隠しており、それに続いて女房の、

このおもとは、いみじきわざかな、御几帳をさへあらはに引きなしてけるよ。右の大殿の君達ならん、疎き人、はた、ここまで来べきにもあらず、ものの聞こえあらば、誰か障子は開けたりしとかならず出で来なん、単衣も袴も、生絹なめりと見えつる人の御姿なれば、え人も聞きつけたまはぬならんかし、と思ひ困じてをり。（同251頁）

という誤認と自己弁護がつぶやかれている。ここで興味深いのは、生絹であれば衣擦れの音が聞こえないということである（宿木巻で薫は気づかれないようにと袴などを脱いでいた）。

最後に浮舟が中将から垣間見られる場面であるが、

風の吹き上げたりつる隙より、髪いと長く、をかしげなる人こそ見えつれ。あらはなりとや思ひつらん、立ちてあなたに入りつる後手、なべての人とは見えざりつ。さやうの所に、よき女はおきたるまじきものにこそあめれ。（手習巻311頁）

とあるように、風という自然現象を巧みに取り入れ、簾を吹き上げることで垣間見の契機としている。これなど野分巻（風）と若菜上巻（立ち姿）を折衷したような構図になっている。(2)
ここでも浮舟は警戒を怠っていない。この後、中将は出家した浮舟を「障子の掛金のもとにあきたる穴」（同351頁）から再度覗くわけだが、浮舟は匂宮・薫・中将と三人もの男性に垣間見られており、覗かれる女、つまり男の目を通して描かれる人物として設定されていることになる。

ところで久富木原玲氏は、中将が出家した浮舟の尼姿を垣間見る場面が、若紫巻の垣間見場面に類似していることを指摘されている（「尼姿とエロス—源氏物語における女人出家の位相—」古代文学45・平成17年度）。それはその通りなのだが、実は中将が浮舟を初めて垣間見る場面も含めて、手習巻は若紫巻を物語内引用しているようである。

まとめ

以上、垣間見とかかわりの深いと思われる「あらはなり」の用例を再検討してきた。それは用例全体の半分にも満たないものの、垣間見場面における使用は決して看過できないものであった。

「あらはなり」はその状態では困ることから、一見すると外部からの視線に対する警戒

（アラーム）として機能しているようでありながら、逆にその言葉が発せられたことで、聴覚的に他者（見る側）に話者（見られる側）の存在を知らせるのみならず、今が絶好のチャンスであることまで教えてしまう役割を担っていると言えそうである。

つまり「あらはなり」は、視覚優先の言葉でありながら、それが音声（聴覚）によって発せられることで、逆説的に垣間見を可能にするキーワードとなっていると言えそうである。

第十二章 「かうばし」考

1 「かうばし」の用例

垣間見における嗅覚の重要性に気づき、垣間見場面の再検討を行っていたところ、そこに「かうばし」という語がしばしば登場していることに気付いた。「かうばし」は「かぐはし」の転じたものとされている。ただし「かぐはし」は『源氏物語』に見られない。平安朝において「かうばし」は、焚きしめられた香が匂うといったプラスの用法に限定されるようであるが、中世では嗅覚から昇華して、名誉だとか立派だという用法も派生している。

そこであらためて「かうばし」の用例を調査・分析してみた。まず『源氏物語』における用例を調べたところ、全部で26例用いられていることがわかった。その中で、

・昔の薫衣香《くのえかう》のいとかうばしき一壺具してたまふ。(蓬生巻341頁)

・名香のいとかうばしく匂ひて、樒《しきみ》のいとはなやかに薫れるけはひも、(総角巻236頁)

は香についての例であるから問題あるまい。用例的に多いのは、

・鈍色《にび》の紙のいとかうばしう艶なるに、墨つきなど紛らはして、（澪標巻316頁）

・唐の色紙かうばしき香に入れしめつつ、をかしく書きたりと思ひたる、（玉鬘巻95頁）

・唐の紙のいとかうばしきを取り出でて書かせたてまつる。（玉鬘巻124頁）

・御文には、いとかうばしき陸奥国紙のすこし年経、厚きが黄ばみたるに、（玉鬘巻137頁）

など、和紙に焚きしめられた間接的な香の例である。特に「唐の紙」などの舶来品や高級品に冠されることが多い。また衣装にしても、

・表着《うはぎ》には黒貂《ふるき》の皮衣《かはぎぬ》、いときよらにかうばしきを着たまへり。（末摘花巻156頁）

・いと若ううつくしげなる女の、白き綾の衣一襲、紅の袴ぞ着たる、香はいみじうかうばしくて、あてなるけはひ限りなし。（手習巻286頁）

などの例があげられる。手習巻の例は浮舟の衣装であるが、この衣装の「かうばし」さは必ずしも浮舟自身のものではなく、薫あるいは匂宮に付与された「移り香」なのかもしれな

い。

次に巻毎の分布を調べてみたところ、

空蝉巻	1	末摘花巻	1	澪標巻	1	蓬生巻	1	少女巻	1
玉鬘巻	3	若菜下巻	1	柏木巻	1	夕霧巻	2	横笛巻	1
匂宮巻	1	紅梅巻	1	竹河巻	1	橋姫巻	1	総角巻	2
宿木巻	1	東屋巻	3	浮舟巻	2	手習巻	1		

となっていた。正編では十の巻に13例用いられているのに対して、続編では九つの巻に13例用いられており、一見して続編に用例が集中していることがわかる（「移り香」も同様）。これは恐らく続編の主人公である薫や匂宮の香に起因しているのであろう。しかしながら宗教とも縁の深い薫は、その体から生まれながらに芳香を発しており、決して香を焚きしめているわけではないので、用法的には特殊ということになる。それを踏まえた上で、本論では薫の芳香に注目し、それを匂宮と比較しつつ両者の違いを嗅ぎ分けられるか否かをポイントに考察してみたい。

参考までに宮島達夫氏編『古典対照語い表』（笠間書院）を参照したところ、『枕草子』1

例・『更級日記』1例・『徒然草』1例とかなり用例が少ないことがわかった（『うつほ物語』に15例あり）。

2　薫の体臭

さて、薫の不可思議な芳香のことは、匂宮巻で紹介された時からの身体的特徴であった。

香のかうばしさぞ、この世の匂ひならず、あやしきまで、うちふるまひたまへるあたり、遠く隔たるほどの追風も、まことに百歩の外も薫りぬべき心地しける。誰も、さばかりになりぬる御ありさまの、いとやつればみたただありなるやはあるべき、さまざまに、我、人にまさらんとつくろひ用意すべかめるを、かくかたはなるまで、うち忍び立ち寄らむ物の隈もしるきほのめきの隠れあるまじきにうるさがりて、をさをさ取りもつけたまはねど、あまたの唐櫃に埋もれたる香の香どもも、この君のはいふよしもなき匂ひを加へ、御前の花の木も、はかなく袖かけたまふ梅の香は、春雨の雫にも濡れ、身にしむる人多く、秋の野に主なき藤袴も、もとの薫りは隠れて、なつかしき追風ことにをりなしがらなむまさりける。（匂宮巻27頁）

薫の場合は人工的に調合した香ではなく、生まれながらに自らの体臭（人香）が芳香を放っており、やや宗教色を内包している（普通の香と違って焚かれたものではない）。竹河巻では「うちふるまひたまへる匂ひ香などの世の常ならず」（68頁）と称されていた。それが「あやしきまで」と形容され、「うち忍び立ち寄らむ物の隈もしるきほのめきの隠れあるまじき」というのでは尋常ではあるまい。薫は自ら発する芳香（シグナル）によって、姿が見えなくてもすぐにその存在が知られてしまうので、まともに垣間見をすることもできないというのであるから、これは滑稽でもあった。要するに匂宮巻の薫は、あまりにも匂いが強烈すぎて、垣間見ができない人物として造型されていることになる（マイナス要素）。

もっとも光源氏にしても、闇に紛れて空蝉の寝ている所へ忍び寄った際、「かかるけはひのいとかうばしくうち匂ふに」（空蝉巻124頁）と記されていた。これは「御衣のけはひ、やはらかなるしもいとしるかりけり」（同頁）とあるように、源氏としては衣擦れの音を気にして柔らかい衣装にしているのであろうが、その柔らかさがかえって高貴さを際だたせていた。しかもその衣装に焚きしめられた香が、追風として匂ってくるのだから、空蝉は聴覚と嗅覚の両方から源氏の接近を知覚することができたのである（軒端の荻は聴覚も嗅覚も鈍感？）。

夕霧にしても、小野の落葉の宮のもとに泊まって朝帰りしたのを見咎めた律師は、夕霧が落葉の宮に通っていると誤解して、御息所に、げにいとかうばしき香の満ちて頭痛きまでありつれば、げにさなりけりと思ひあはせはべりぬる。常にいとかうばしうものしたまふ君なり。（夕霧巻417頁）

と語っている。夕霧については あまり匂いに言及されていないし、「常に」と断言できるほど律師が夕霧のことを熟知しているとは思えないので、ここは思い込みや誇張も含まれていると読みたい。

この律師の言動（思い込み）について、三田村雅子氏は「わずかな残り香に、夕霧と落葉宮の密会まで想像してしまう飛躍と決め付けは、この無骨な僧の隠された欲望と連動するものでもあったろう。そうであるがゆえに、その「密会」の事実は指弾され、厳しく退けられなければならないのである」（「匂いの「風景」」『源氏物語感覚の論理』有精堂・平成8年3月、195頁）と分析しておられる。本論は三田村氏の御論に啓発されていることを明記しておきたい。なお三田村氏は、宇治十帖における匂いの誤解を指摘されているが、私見はそれを嗅覚能力の有無として考察している。また世俗を忌避する律師の言葉として、「頭痛きまで」はかなり大げさな表現ではないだろうか。律師にとっては匂いの質は問題ではなく、動きに伴う「かうばしき香」（追風）そのものが、夕霧の高貴さを保証しているのであろう。これについて三田村氏は、「落葉宮の所に通う夕霧は妻雲居雁のもとには帰りづらく、六条院の母代わりである花散里のもとへ行くこともあり、そこで六条院の「香の唐櫃」に入られた衣を身につけることで、たまたま香を身に付けていたに過ぎないことが暗示される」（同195頁）とも述べておられる。その場合、普段の夕霧はあまり香の匂いをさせていないことになるが、「香の唐櫃」に収められている衣装にしても夕霧用なのではないのだろうか。いずれにしても夕霧には独自の匂いが確立していないことになる。もちろんここでは夕霧の「かうばし」さが主眼ではなく、そこから落葉の宮との男女関係が想像されているのである。

こうしてみると香の匂いは、必ずしも薫の特権ではなかったことになる。次に匂宮の匂いについて考えてみたい。

3　匂宮の香

匂宮の匂いについては薫の描写に続いて、

かく、あやしきまで人の咎むる香にしみたまへるを、兵部卿宮なん他事よりもいどましく思して、それは、わざとよろづのすぐれたるうつしをしめたまひ、朝夕のことわざに合はせいとなみ、御前の前栽にも、春は梅の花園をながめたまひ、秋は世の人のめづる女郎花、小牡鹿の妻にすめる萩の露にもをさをさ御心移したまはず、老を忘るる菊に、おとろへゆく藤袴、ものげなきわれもかうなどは、いとすさまじき霜枯れのころほひまで思し棄てずなどわざとめきて、香にめづる思ひをなん立てて好ましうおはしける。
（匂宮巻28頁）

と語られている。薫が有する生来の芳香（香製造器）に対して、匂宮は自ら人工的に香を調合することで、薫に対抗しようとしているのである。三田村氏は、「人工的に付加された匂いがすべて天与の匂いである薫の体臭に劣るとするのは、匂宮の薫への永遠のコンプレックスを表すものである。そのコンプレックスに促されるように、匂宮の香は、薫の代役を勤め、薫を偽り、装う時に、最もよくその効力を発揮するものであったのである」（同198頁）と分析しておられる。この魅力的な論理では、匂宮の匂いは薫の芳香に類似するように調合されていることになる。「誤解を生む香」（201頁）について、私見ではそれを嗅覚能力の有無として分析しているが、もちろん匂宮が薫を模倣していても不都合はない。たとえ匂宮が薫の芳香を模倣しているとしても、両者の違いは明白であり、それを判別できないのは嗅覚能力の低い人達だからである。

この行為（執着）も薫同様に異常ではないだろうか。そのため匂宮にも、

・袿姿《うちき》なる男の、いとかうばしくて添ひ臥したまへるを、（東屋巻63頁）
・夜深き露にしめりたる御香のかうばしさなど、たとへむ方なし。（浮舟巻192頁）

とあるように「かうばし」で形容されている。「袿姿なる男」とは匂宮のことであるが、浮舟の乳母はまだ男が誰か特定できていなかった。二つ目は侍従の匂宮に対する感想である。こういった匂宮の薫に対する挑み心が、様々な事件を展開していく原動力ともなっているのであった。

その一例として、紅梅巻における按察大納言の大夫の君をあげておきたい。按察大納言は匂宮を中の君の婿に望み、大夫の君を使いとしてその意向を匂宮に伝えさせている。匂宮は中の君ではなく宮の御方の方に興味を抱いているのであるが、それもあって大夫の君をかわいがっていた。この大夫の君は春宮からもかわいがられていたのだが、それを承知の上で匂宮は自分の側に宿直させる。

春宮にもえ参らず、花も恥づかしく思ひぬべくかうばしくて、け近く臥せたまへるを、（紅梅巻51頁）

「け近く臥せ」の頭注には「男色を暗示」と記されている（空蝉巻の源氏と小君に類似）。匂宮に抱かれたとすれば、必然的に大夫の君には匂宮の移り香が付着するはずである。そのことは後に母北の方から、

若君の、一夜宿直して、まかり出でたりし匂ひのいとをかしかりしを、人はなほと思ひしを、宮のいと思ほし寄りて、兵部卿宮に近づききこえにけり、むべ我をばすさめたりと、気色とり、怨じたまへりしこそをかしかりしか。（同53頁）

と報告されている。大夫の君の匂いについて他の人は気づかなかったが、東宮はすぐにそれが弟匂宮の移り香であることを察し、そこから昨晩匂宮にかわいがられたことを恨んでいる。東宮の嗅覚は鈍感ではなかったわけだが、これなど匂宮は兄の東宮が気づくことを予想して、あえて大夫の君に移り香をつけているのではないだろうか。これこそ匂宮の挑み心の発露であろう。

なお先例として、『うつほ物語』蔵開中巻の、

宮はた起くれば、頭掻い繕ひ、装束せさせて遣りつ。藤壺に参りたれば、御達、「あな

香ばしや。この君は、女の懐にぞ寝給ひける」。「さらで、右大将のおとどの御懐にぞ寝たりつる」。御達、「女のにこそは」と言ふ。(おうふう版543頁)

をあげておきたい。これは仲忠が宮はたを懐に抱いて寝たために、宮はたに仲忠の移り香が染みついたのであるが、藤壺に仕える御達(老女房)はその香ばしい匂いに気付き、宮はたは昨夜女性に抱かれたと邪推しているわけである。ここは仲忠が女性的な匂いをさせているとすべきなのだろうか、それとも御達が仲忠の匂いを嗅ぎ分けられないとすべきなのであろうか。いずれにせよこの例は『源氏物語』と近い「かうばし」の用法であろう。これを踏まえると、源氏に添い臥した小君にも源氏の移り香が強く付着していたはずであるが、空蟬はそれに気付いていたのであろうか。

4 橋姫巻の「かうばし」

さて匂宮巻で、薫は匂いが邪魔をして垣間見ができない人物だと述べてあった。しかしながら薫は、果敢に垣間見に挑戦している。その最初が橋姫巻の八の宮の姫君垣間見である。垣間見そのものの考察は本書第九章に譲り、ここでは垣間見終了後の姫君達の心内に注目してみたい。

薫が垣間見ている時、妙にいい匂いがしてきたのに、大君はつい油断してしまったことについて、

あやしう、かうばしく匂ふ風の吹きつるを、思ひかけぬほどなれば、おどろかざりける心おそさよと、心もまどひて恥おはさうず。（橋姫巻141頁）

と反省している。たとえ後の祭りではあっても、ここに反省が書かれることで、大君の嗅覚が鈍感でないこと、ひいては大君のヒロイン性がかろうじて保たれていると読みたい。もしこれがなければ、大君の貴族性まで否定されかねないからである。

また薫の匂いは、「なごりさへとまりたるかうばしさを、人々はめでくつがへる」（竹河巻70頁）ほどであったから、まして直接に触れたものはその移り香に感染してしまう。たとえば「濡れたる御衣どもは、みなこの人に脱ぎかけたまひて」（橋姫巻150頁）と、薫から衣装をもらった宿直人は、

宿直人、かの脱ぎ棄ての艶にいみじき狩の御衣ども、えならぬ白き綾の御衣のなよなよといひ知らず匂へるをうつし着て、身を、はた、えかへぬものなれば、似つかはしから

ぬ袖の香を人ごとに咎められ、めでらるるなむ、なかなかところせかりける。心にまかせて身をやすくもふるまはれず、いとむくつけきまで人のおどろく匂ひを失ひてばやと思へど、ところせき人の御移り香にて、えも濯ぎ棄てぬぞ、あまりなるや。（橋姫巻152頁）

と、かえって匂いの強烈さに困惑している。薫の匂いはこれほど滑稽に描かれているのである。この一件は椎本巻で再度想起され、「かの御移り香もて騒がれし宿直人」（211頁）と記されている。何故こんな宿直人がここまでクローズアップされるのか不審だが、それは薫の匂いの感染の強さを明示するためではないだろうか。そのことは続く大君への感染によって納得されよう。

薫に侵入され、添い伏されて一夜を明かした大君には、当然のことながら薫の移り香が移っていた。それを妹の中の君は敏感に嗅ぎ取って二人の仲を疑うことになる。

ところせき御移り香の紛るべきもあらずくゆりかをる心地すれば、宿直人がもてあつかひけむ思ひあはせられて、まことなるべしといとほしくて、寝ぬるやうにてものものたまはず。（総角巻241頁）

橋姫巻において、大君は薫の匂いに敏感に反応しなかったことを悔やんでいたはずだから、ここで薫の移り香をまったく気にしていないのは奇妙である。それに対して中の君は、咎め立てはしないものの、大君に薫の移り香が付いていることをはっきり嗅ぎ取っており、それがまた次の事件の伏線となっているのである。

5　嗅覚能力の良し悪し

中の君を薫と結婚させようという大君の計略により、中の君も薫と一夜を共にすることになるが、その際は移り香のことは一切問題になっていない。あるいは大君は案外匂いに鈍感なのかもしれない。その後薫は、匂宮と結婚して京都の邸に引き取られた中の君に接近するが、妊娠していることに気づいて自制する。しかし薫の移り香は接触した中の君に感染しており、当然のことながら過敏なほどに鼻のきく匂宮によって、

かの人の御移り香のいと深くしみたまへるが、世の常の香の香に入れたきしめたるにも似ずしるき匂ひなるを、その道の人にしおはすれば、あやしと咎め出でたまひて、（宿木巻434頁）

と見咎められ、あらぬ疑いをかけられる。実は中の君にしても薫の移り香の強烈さは経験済みなので、決してそのまま放置していたわけではなく、

さるは、単衣の御衣なども脱ぎかへたまひてけれど、あやしく心より外にぞ身にしみにける。（同435頁）

とあるように、わざわざ衣服を着替えていたのだが、それでも薫の匂いを消すことはできなかったとある（これも滑稽な話である）。もっともこの一件は、誤解によって匂宮の嫉妬心をかきたて、中の君への愛情を増す結果となるわけだが、反面、薫に対する恨みと復讐心が後の浮舟との三角関係を生じさせる伏線ともなっている。

さて、薫の匂いは浮舟を垣間見る場面でも繰り返される。橋姫巻と同様に、薫が垣間見ているることで周辺にいい匂いが漂うわけだが、それに気付いた浮舟の女房達は、

若き人、「あなかうばしや。いみじき香の香こそすれ。尼君のたきたまふにやあらむ」。老人、「まことにあなめでたの物の香や。京人はなほいとこそみやびかにいまめかしけれ。天下にいみじきことと思したりしかど、東国にてかかる薫物の香は、え合あはせ出

でたまはざりきかし」。（宿木巻490頁）

と、弁の尼の焚く空薫き物と誤解している。いくら弁の尼とはいえ、薫の匂いのような高級な香を空薫き物として使えるはずはないのだが、悲しいかな浮舟付きの女房達にそれを嗅ぎ分ける力は備わってなかった。そのことを聞いた弁の尼は、

尼君は、物語すこししてとく入りぬ。人の咎めつるかをりを、近くのぞきたまふなめりと心得てければ、うちとけごとも語らはずなりぬるなるべし。（同494頁）

と、さすがに薫が近くで垣間見ていることを察している。

こうしてみると浮舟周辺の人々の嗅覚は、たいして敏感ではないことが暗示されているようである。しかもそこに浮舟も同席していたのだから、主人である浮舟の鼻もあまりあてにはならないことになる。そのことは最初に匂宮に迫られた際に、

ただならずほのめかしたまふらん大将にや、かうばしきけはひなども思ひわたさるる。（東屋巻61頁）

と誤解していることからも察せられる。これはその直前に「香のかうばしきをやむごとなきことに、仏のたまひおきけるもことわりなりや」（同55頁）とあったのを受けているのであろうが、「かうばしき」匂いから単純に薫を想起している点、浮舟は薫と匂宮の区別がつかなかったわけである。

もちろん匂宮にしても、前述したように「かうばしき」匂いの所有者ではあった。ただし二人の匂いは微妙に異なっているはずだが、その違いが浮舟にも明確に判別できなかったのである。そのことは新編全集の頭注二三にも「浮舟は、薫と匂宮の「かうばし」さを区別することができない」（61頁）と記されている。匂宮が薫の芳香とそっくりの香を調合している可能性もあるが、しかし両者の匂いに差異があることは間違いあるまい。

当然、右近の鼻もあまりあてにはならず、薫のふりをして侵入してきた匂宮に対して、

いと細やかになよなよと装束きて、香のかうばしきことも劣らず。（浮舟巻125頁）

と、まったく違いを判別できなかったことが致命傷になっている。こうなると浮舟に関しては、本人や女房の嗅覚能力の低さが彼女の人生を狂わせたことになる。

6　正編における「かうばし」

ついでに正編における用例も見ておきたい。雲居の雁付きの女房たちは、内大臣と夕霧の匂いの区別ができず、そのために噂話を立ち聞きされている。その反省が、

いとかうばしき香のうちそよめき出でつるは、冠者の君のおはしましつるとこそ思ひつれ。あなむくつけや。（少女巻39頁）

であった。衣装に焚きしめられた香は、人の動きによって追風に乗って漂ってくる。そのため衣擦れの音と「かうばしき」匂いは常に連動しているのである。

ここでの女房達の失態は、音と匂いによってその存在に気づきながら、近くにいるだろう人物を勝手に夕霧と思い込んだために、噂話を中断しなかった点にある。最大の難点は、夕霧と内大臣の匂いの違いを嗅ぎ分けられなかったことである。そのことによって、嗅覚能力の低い女房しか仕えていない雲居の雁の環境の劣悪さも浮き彫りにされることになる。「かうばしき」は身分の高い人の香りであるから、内大臣と夕霧に形容されることに問題はあるまい。しかし同じように高貴な匂いであっても調合による個人差はあるのだから、ここでは

その微妙な違いを嗅ぎ分ける能力の有無が物語の展開を左右していることになる。あるいは夕霧には特徴的な匂いが付与されていないのかもしれない。

そのことは紫の上の身においても生じていた。源氏に抱かれて一夜を過ごした紫の上には、源氏の移り香が付着しているはずだが、翌朝訪れた父兵部卿宮は、

近う呼び寄せたてまつりたまへるに、かの御移り香のいみじう艶に染みかへりたまへれば、「をかしの御匂ひや。御衣はいと萎えて」と心苦しげに思いたり。（若紫巻248頁）

と感想を述べている。どうやら兵部卿宮は紫の上のいい匂いには気付いたが、それが源氏の匂いであることまでは気付かなかったようである。ここでこの移り香に不審を抱いていれば、源氏に紫の上を奪い取られずに済んだかもしれないのだが、兵部卿宮にはそういった嗅覚能力はなかったことになる（それが藤壺との密通にも気づかない伏線になっているのであろう）。

やや奇異な例として、女三の宮垣間見場面をあげておきたい。それは女三の宮の飼っている唐猫についてだが、

わりなき心地の慰めに、猫を招き寄せてかき抱きたれば、いとかうばしくてらうたげに

うちなくもなつかしく思ひよそへらるるぞ、すきずきしや。（若菜下巻142頁）

とある。この場合、唐猫に付着していた「かうばしき」香は、決して猫独自のものではなく、飼い主である女三の宮の移り香と考えたい。もしそうなら柏木は、女三の宮の移り香のする唐猫を、女三の宮の分身として抱いていたのである。この「かうばし」について河添房江氏は、「とりわけ「かうばしくて」は、『源氏物語』では性的な香りを放つ身体表現とされ、飼い主の女三の宮には希薄なはずの官能性さえもただよわせる」（『源氏物語と東アジア世界』（NHKブックス・平成19年11月、234頁）と述べておられる。私見では必ずしも性的な香りというわけではないものの、その移り香の相手を特定し、さらに移り香が付着する過去のできごとを推測することで、性的なものが付与されるのではないだろうか。

その柏木の愛用の和琴（遺品）には、「人香にしみてなつかしうおぼゆ」（横笛巻353頁）と人香が付着していた（「なつかし」もキーワードの一つ）。新編全集ではこれを落葉の宮の匂いとするが、「故君の常に弾きたまひし琴なりけり」（同頁）とあるのだから、やはり亡くなった柏木の匂い（残香）とすべきではないだろうか。

「かうばし」はいい匂いがすることであるから、一見すると垣間見とは無縁の言葉のように思われる。しかしながら垣間見の場面における見る側・見られる側の嗅覚は、視覚を補助するように機能しているようである。視覚や聴覚でとらえられないものを、「かうばし」によって知覚することができるからである。

中でも宇治十帖における「かうばし」は、特に薫の存在証明として機能していることで、「垣間見」論においても重要な要素となっていると言える。薫が「かうばし」い芳香を発しながらも果敢に垣間見に挑戦することで、見られる側の嗅覚能力が問われ、その有無や程度によって、物語展開が左右されているからである。

最も垣間見に適さない薫にしばしば垣間見をさせているのだから、それだけでも宇治十帖の奇妙さは納得されるであろう。

＊本書の校正中に三田村雅子・河添房江編『薫りの源氏物語』（翰林書房）が刊行された。是非参照していただきたい。

注

第一章　「垣間見」の総合分析

（1）三谷氏「閉塞された死という終焉とその彼方（一）」（『源氏物語の方法』（翰林書房）平成19年4月）。平成一九年に亡くなられた三谷氏からは、物語研究会で多くの学問的刺激をいただいた。また本書の垣間見論からも、視点を異にしての読みの面白さを教えていただいた。記して感謝したい。

（2）椎本巻における薫の大君・中の君垣間見や、宿木巻における薫の浮舟垣間見など長時間に亘っており、やや滑稽味さえ帯びている。『はなだの女御』も夕暮れから深夜まで長時間垣間見し続けている。しかも男自身が歌を詠みかけることで垣間見を中断させており、やはり緊張感が欠如していると言えよう。

（3）吉海「「尻かけ」考―『徒然草』の『源氏物語』引用―」（同志社女子大学大学院紀要6・平成18年3月）

（4）吉海「「移り香」と夕顔」（『源氏物語の新考察』（おうふう）平成15年10月）

（5）この「軟障」は藤裏葉巻の六条院行幸の描写にも、「あらはなるべき所には軟障をひき」（459頁）と出ており、視線を隠すための道具であったことがわかる。

（6）渡辺純子氏「『夜の寝覚』における「月影」「火影」」（古代文学研究第二次9・平成12年10月）

第二章　「垣間見」の始原探求

（1）複数の垣間見ということを考えると、『伊勢物語』初段は後の展開が閉ざされている。空蝉や紫の上の例では、年少者と結ばれるパターンになっている。宇治の大君・中の君はどちらとも結ばれていない。要するに姉妹連帯婚の例は一つもなく、むしろどちらとも結ばれないか、結ばれる場合は年少者が一般的のようである。そうなると大君と結ばれる『住吉物語』は特例ということになる。これは継子譚の影響であろうか。

（2）国会本・京博絵巻・東大国文本・浅野本・光蓮寺本（以上桑原氏分類第一類）では、姫君が車から降りる際に「あふぎさしかざしつゝ」という独自異文を有している。同様に教育大絵巻・芥川草紙の絵では、姫君だけが扇をかざしている。これも慎み深さ（継母の娘との教養の違い）を示す例と見たい（絵巻ではこれが姫君認定の決め手の一つにもなる）。

（3）『竹取物語』で「いかでこのかぐや姫を得てしがな、見てしがな」（新編全集19頁）に続いて垣間見が試みられているのも、見ることが所有することになるからであろうか。

第三章 『伊勢物語』の「垣間見」

（1）なお片桐洋一氏の三段階成立論によれば、初段は第二次、二十三段・六十三段は共に第三次成立の章段になる（「初期物語の世界—『竹取物語』『伊勢物語』を中心に—」『図説日本の古典5竹取物語伊勢物語』集英社・昭和53年8月）。この分類から、『伊勢物語』の垣間見が既に変形している点も納得できるし、また初段と二十三段・六十三段の垣間見の違いも説明できる。となるとこれを単純に『源氏物語』に先行する例とするのは危険であろう。ただし「風吹けば」歌は『古今集』九九四番にあるが、その左注は「月のおもしろかりける夜、河内へいくまねにて前栽の中に隠れて見ければ、夜ふくるまで琴をかきならしつつうち歎きて、この歌をよみて寝にければ」としか記されていない。

（2）この「見るな」のタブーは、御伽草子『板屋貝物語』（橋姫物語）にまで継承されている。

（3）なお林田氏は高崎説を引用して、「目の呪能」（見ることは所有すること）を論じておられる。それは極めて魅力的ではあるものの、だからこそ安易に容認することはためらわれる。というのも平安朝における垣間見は、そういった古代の話形をストレートには継承しておらず、むしろ否定あるいは変形（パロディ化）することによって、新たな物語の方法として再構築していると思われるからである。

（4）ただし『日本霊異記』中十四にも「窃に窓の紙を穿ち窺ひ看るに、法師端座て経を誦せり」（新編全集『日本霊異記』65頁）とあり、また『今昔物語集』巻十二の十三にも「従者寄て壁の穴より臨けば」（新編全集『今昔物語集一』184頁）とあるので、説話的用例も考慮すべきであろう。

（5）『和泉式部日記』にも垣間見という語は登場していない。それにもかかわらず論に引用されているのだから、必ずしも垣間見という語に拘泥しているわけではないことになる。

（6）土方洋一氏は「岐路の場面―空蟬の場合―」（日本文学35―8・昭和61年8月）で、「見ること＝所有といった単一の論理で物語が展開してゆく段階はとうに終わっているということだろう」と述べているが、『伊勢物語』初段の垣間見を考慮すると、前提としている定義そのものが問題（垣間見幻想）であるように思われる。

（7）もちろんだからといって相手を認識した上での垣間見であるか否か、言い換えれば意志的か偶然かという違いを軽視しているわけではない。なお室伏信助氏は「かいまみ」（国文学28―16・昭和58年12月）において、垣間見の内包する古代的な激しい情念の威力を指摘している。

（8）見られる側が姉妹であることの意義については、土方洋一氏「〈姉妹連帯婚〉的発想―源氏物語から―」（日本文学38―5・平成元年5月）が参考になる。

（9）野口元大氏の「みやびと愛―伊勢物語私論―」（日本文学11―5・昭和37年5月）を援用すれば、昔男は老女の一途な情熱・歌のみやびにめでて一夜を共にしたと読める。換言すれば、老女は昔男の仕掛けた「みやびテスト」に合格したわけである。ただし本文に「その夜」とあるように、あくまでこのテストの効力は一回きりでしかなかった。

（10）谷崎潤一郎の『鍵』を思い浮かべるのは私だけであろうか。ここにおける垣間見には、古代的な相手の正体を暴く呪力は既になくなっており、それどころか逆に相手から騙されかねないところまできているのではないだろうか。

（11）山本登郎氏「伊勢物語の高安の女―二十三段第三部の二つの問題―」関西大学国文学88・平成16年2月参照。また圷美奈子氏は、「塗籠本の本文には、「うちとけて」の後に、「かみをかしらにまきあけておもなかやうなるをむなの」と、女の、髪を頭頂でまとめたヘアスタイルや、面長な顔立ちを描写する部分がある。女の容姿に関する詳細な描き込みはやはり、これが「かいま見」の場面であることを示唆していよう」と述べておられる（「『伊勢物語』二十三段「筒井筒」の主題と構成―「ゐつつ」の風景と見送る女の心―」『古代中世文学論考十九』新典社・平成19年5月）。

第四章　空蝉・軒端の荻の「垣間見」

（1）この小君不在が小君の意志、つまり小君が源氏の垣間見を容認しているとすれば、頃合いを見計らって再登場することにより、垣間見を中断させたことになる。もともと源氏を手引きしているのであるから、そういった解釈も可能ではないだろうか。

（2）近世前期に刊行された絵入源氏物語の空蝉巻を見ると、この垣間見場面が挿絵の構図になっている。左下に垣間見する源氏、中央の碁盤をはさんで左側に空蝉、右側に軒端の荻が配されている。なお軒端の荻は、逆遠近法的に大きく描かれている。面白いのは、左上に立ち姿の小君が描かれていることである。これも絵師の源氏解釈であろうか。

（3）小君は垣間見の後も、「こたみは妻戸を叩きて入る。みな人々しづまり寝にけり。「この障子口にまろは寝たらむ。風吹き通せ」とて、畳ひろげて臥す」（空蝉巻100頁）といった言動によって自己の存在を主張しており、小君の存在は既に知れ渡っていると見てよかろう。もし小君の言動が空蝉に直接聞こえなかったとしても、普通なら側近の女房がそのことを告げるはずである。ただし空蝉周辺には信頼できる女房が不在なのかもしれない（帚木巻に登場した中将もその後全く登場しない）。

（4）この「うちとく」に関わって、『無名草子』の中で「「空蝉は、源氏にはまことにうち解けず、うち解けたりと、とりどりに人の申すは、いかなることにか」と言ふ人あれば、「帚木といふ名にて、うち解けざりけりとは見えてはべるものを。悪しく心得て、さ申す人々も時々はべるなめり」と言ふ」（新編全集192頁）といった議論がなされている。これに関しては本文校訂の問題や解釈をめぐって三角洋一氏が詳しく検討されている（「空蝉の人物造型」『源氏物語と天台浄土教』若草書房・平成8年10月）。特にこれを源氏と空蝉における実事の有無ではなく、垣間見場面における空蝉の態度として考えておられる点に賛意を表したい。ただ本稿では、それを単に女性の美的評価とするのではなく、それを含めた女性の演技（対男性意識）という面を考慮（深読み）してみたわけである。

（5）土方洋一氏は、「碁の勝負に軒端の荻が負けたので、この夜彼女が光源氏と契る運命が決せられた」（「岐路の場面―空蟬の場合―」日本文学35―8・昭和61年8月）という非常に興味深い読みを提案されている。しかしながら竹河巻における玉鬘大君と中の君の碁の勝負では、負けた大君と蔵人の少将との密通などは一切生じていないので、この論理は軒端の荻にしか通用しないことになる。またこの碁という小道具については、『うつほ物語玉琴』（文化十二年刊）に、「伊予介が中川の家にて、空蟬の君軒端荻の君と御碁遊ばすを、源氏の君垣間見し給ふさまは、「国譲」の巻なる、女一の宮とあて宮の御碁遊ばししを、実忠の中納言、御格子の穴より見給ひしさま語り給ふことをうつせしものなり」（国文研本128頁）という指摘がある。

（6）空蟬は帚木巻における最初の逢瀬において源氏の香りを身に受けているのであるから、その体験から源氏の香りを判断できるはずである。そのことは土方洋一氏も「この時以前、最初に紀伊守邸に方違えをした折に、光源氏は強引に空蟬と契った。その折の体験から、空蟬の記憶には光源氏の気配や衣服にたきしめた香の薫りが染みついている。だからこそ、近づいてくる気配をいち早く察知し、それが誰であるかを知って、空蟬は咄嗟に小袿一つを残してすべり出る」（「岐路の場面―空蟬の場合―」日本文学35―8・昭和61年8月）と述べておられる。もっともそれは空蟬にそれだけの嗅覚（判断能力）が存すると仮定しての話である。なお源氏を含めた香りの問題については、吉海「『源氏物語』の「移り香」―夕顔巻を起点として―」『源氏物語の新考察』（おうふう）平成15年10月を参照していただきたい。

（7）空蟬のモチーフは『狭衣物語』にも引用されている。女二の宮は狭衣の侵入を「あさましとおぼほれし夜々の匂ひ変わらずうちかほりたるに」（新編全集巻二235頁）、「さと匂ひ入る追風の粉るべくもあらぬに」（巻三177頁）と嗅覚によって察知していた。

第五章　夕顔巻の相互「垣間見」

（1）今井論では『源氏物語』の垣間見を17例としておられるが、そのうちの11例は実は「垣間見」という語を伴わないものであることになる。篠原論など55例の覗き見を設定しておられるが、夕顔巻では惟光の2例しかカウントされていない。

（2）新編全集の頭注には、「部屋の奥にいないで、簾のところまで出てきて、君達の姿を見ようとするいつもの慎みのなさをいう」（139頁）と記されている。しかも「御几帳どもしどけなく引きやり」（140頁）という状態であった。これはしっかりした女房の不在のみならず、源氏の監督不行き届きでもあろう。

（3）手嶋真理子氏は「「心あてに」歌の解釈について」（筒城宮2・平成9年3月）において、「これが夕顔の宿にも聞こえていたとすれば、夕顔側が自分たちの存在を無視して解釈することはまずないだろう。とすれば「心あてに」歌は、「をちかた人に」の返歌的なものと見るのがもっとも素直な読み方だろう」と斬新な意見を述べている。その方が扇に歌をしたためる時間的余裕もできるのではないだろうか。

（4）これは空蝉巻において、小君に「我にかいま見せさせよ」（123頁）と言っていることとほぼ同じであろう。ただし空蝉巻における源氏の発言は、既に空蝉・軒端の荻を垣間見た後のことなので、必ずしも小君と心を一つにしているわけではなかった。

第六章　若紫巻の「垣間見」

（1）若紫巻の垣間見論としては、向井克胤氏「源氏物語における垣間見描写の視点―若紫の巻・北山山荘における―」国文学10―13・昭和40年11月、大朝雄二氏「伊勢物語初段の「かいま見」と源氏物語」中古文学35・昭和60年5月、佐藤敬子氏「若紫の巻のかいまみ―遊仙窟・伊勢物語初段との引用関係を中心として―」論究37・平成5年4月などが参考になる。

（2）『うつほ物語』においても、十二歳のあて宮が「立ち走」（おうふう版『うつほ物語』藤原の君巻73頁）っている。なおこのあて宮の設定に関しては、「あて宮は十二歳と申しける如月に御裳奉るほどもなく大人になり出で給ふ」とある本文を、「御裳奉るほどもなく」と見て裳着前とする説と、「御裳奉る、ほどもなく」と見て裳着後とする説がある。「大人になり出で」が初潮であるとすれば、むしろ裳着前に生理が初まったとする方が面白い。

（3）祖母にしても出自は高貴であり、皇族の系譜につながる可能性もある。そうなると源氏の母方（桐壺更衣と藤壺の類似）を含めて、先帝の血にかかわりそうな設定であることになる。もしそうなら、必然的に祖母尼君と藤壺の類似も想定可能となってくる（注2の佐藤氏論参照）。なお紫の上と藤壺の比較が、二人の同席なしに行われている点にも留意しておきたい。そして二人は物語において遂に同席することはなかった（紫の上と女三の宮は同席している）。

（4）源氏に同伴して垣間見に立ち会った惟光は、後に「さばかりいはけなげなりしけはひをと、まほならねども見しほどを思ひやるもをかし」（若紫巻229頁）という感想を漏らしている。これによって惟光も見ていたことがわかるが、源氏と同じ情報量を持っているわけではあるまい。もちろん藤壺との類似は知りえないことなのだから、案外惟光の方が客観的な見方をしているのかもしれない。なお石阪晶子氏は、二人の類似を源氏の幻想と考えておられる（「照らし返される藤壺―幻視が意味づける若紫垣間見―」日本文学48―9・平成11年9月）。また「眉のわたりうちけぶり」について、ほとんどの注釈は安易に裳着前の自然な眉としているが、それだと藤壺との相似を妨げることになる。実は「けぶり」が比喩的に眉の形容に用いられた例は他にないのである。ここでは北山谿太氏が、「「うちけぶる」は、曇る意、晴れやかならぬ意。紫の上が、かわいゝ子雀をにがして、残念がっている表情である」（『源氏物語のことばと語法』武蔵野書院・昭和31年2月、190頁）と、眉の様態ではなく感情の表出としておられることを紹介しておきたい。これならば藤壺との類似ということで問題はあるまい。

（5）『更級日記』には「たちぎゝ、かいまむ人のけはひして」（新大系407頁）と並列して出ている。垣間見における聴覚の重要性に関しては、手嶋真理子さん「「心あてに」歌の解釈について」筒城宮（同志社女子大学平安文学研究会会誌）2・平成9年3月に詳しい。なお田中喜美春氏「夕顔の宿りからの返歌」国語国文67―5・平成10年5月にも同様の指摘がなされている。

（6）橋姫巻に関しては、「なるべし」「けはひ」「けはひども」「さやかに見ゆべくもあらず」「人おはすと告げきこゆる人やあらむ」「けはひども」（五140頁）など、一貫して朧化した描写になっているので、姉妹の会話が薫の耳に届いたかどうか、簡単には判断できない。なお宿木巻で薫が浮舟を垣間見る場面は、尼君の設定・描写の類型・ゆかりの存在など、若紫巻の垣間見が下敷きになっているようである。また手習巻の中将による浮舟垣間見と若紫巻の類似も指摘されている。久富木原玲氏「尼姿とエロス―源氏物語における女人出家の位相―」古代文学45・平成17年度

第七章　夕霧の六条院「垣間見」

（1）親子の近親相姦を垣間見るという構図は、後の『有明の別れ』において男装の主人公が叔父左大将と継娘の関係を見る場面に引用されているとも考えられる。もっともここは単純な垣間見ではなく、隠れ身の術を用いてのことであった。

第八章　柏木の女三の宮「垣間見」

（1）二人は「いときよげ」「ものきよげ」とされ、また「さすがに乱りがはしき」「例ならぬ乱りがはしさ」と共通表現が用いられている。この「乱りがはし」は、原則として蹴鞠という競技に対する評であり、そこから身分の高い柏木と夕霧が蹴鞠に興じる姿をも評したのであろう。頭注に「この段に再三用いられる「乱りがはし」の語は、単に蹴鞠の有様についていうのではなく、六条院の秩序を根底からゆさぶる事態の到来を暗示していよう」（同140頁）とコメントされている。もしそうなら、これは源氏自身が「いづら、こなたに」（同137頁）と誘引した事態ということになろう。竹田誠子氏「「乱りがはし」き柏木―言語空間としての蹴鞠と脚病―」『人物で読む源氏物語⑯内大臣・柏木・薫』（勉誠出版）平成18年11月参照。

（2）源氏の意中を告げられた「心知り」の明石姫君の乳母は、そのことを明石の君にも秘して、ひたすら姫君の養育にあたっていた。吉海「明石姫君の乳母」『平安朝の乳母達』（世界思想社）平成7年9月参照。

第九章 「垣間見」る薫

（1） 助川幸逸郎氏「椎本巻末の垣間見場面をめぐって―〈女一の宮〉とのかかわりを軸に―」中古文学論攷17・平成8年12月参照。私は、中の君・大君の順に記されていることから、単純に大君の方に主眼があると見ているが、いかがであろうか。なお『うつほ物語玉琴』（文化十二年刊）では、椎本巻の垣間見は国譲中巻における仲忠による女二の宮垣間見場面の引用であると説いている。

（2） その他、「あはれなる人を見つるかな」（若紫巻209頁）という感想を含めて、ゆかりの構想、尼君の存在、簾などに若紫巻の垣間見場面との類似点が認められる。例の物語内本文引用であろう。なお若紫巻はここだけでなく、手習巻において中将が尼姿の浮舟を垣間見る場面にも引用されている。久富木原玲氏「尼姿とエロス―源氏物語における女人出家の位相―」古代文学45・平成17年度参照。

（3） 吉海「「移り香」と夕顔」『源氏物語の新考察―人物と表現の虚実―』（おうふう）平成15年10月参照。三田村雅子氏は「匂宮は常日頃から薫の香を模倣している」としておられる（「移り香の宇治十帖」『源氏物語感覚の論理』有精堂・平成8年3月）。

第十章 匂宮の浮舟「垣間見」

（1） 同様のことは薫に対しても「天の川を渡りても、かかる彦星の光をこそ待ちつけさせめ」（東屋巻54頁）と繰り返されている。また総角巻でも匂宮は「いとことにいつくしきを見たまふにも、げに七夕ばかりにても、かかる彦星の光をこそ待ち出でめとおぼえたり」（293頁）と賞賛されていた。これが『更級日記』の「光源氏などのやうにおはせむ人を、年に一たびにても通はしたてまつりて、浮舟の女君のやうに」（新編全集314頁）云々の表現に引用されているのであろう。

（2） 蟹江希世子氏「平安朝「童」考―物語の方法として―」古代文学研究第二次6・平成9年10月

（3） 浮舟巻の垣間見については、五十嵐正貴氏「浮舟巻における匂宮の〈かいま見〉について」中央大学大学院論究29―1・平成9年3月がある。

(4) 浮舟は薫と匂宮に垣間見られただけでなく、出家した後も中将に垣間見られており、男から垣間見られ続ける女性として造型されていることになる。もちろん中将による垣間見は物語展開の契機とはなっておらず、また薫や匂宮とは無縁の出来事であるから、それこそ浮舟物語の終焉を象徴しているのかもしれない。なお久富木原玲氏「尼姿とエロス―源氏物語における女人出家の位相―」古代文学45・平成17年度参照。

第十一章 「あらは」考

(1) 「簾のはさま」について、新編全集の頭注には「格子の内側に簾が垂してある、その隙間に入りこんだ」と記されている。ここでは格子と簾の隙間と解しているわけだが、問題はその格子が一枚格子か二枚格子かである。ここで小君は格子から中に入っているので、この格子は一枚格子の可能性が高い。もしそうなら内側に押し開けたはずだから、簾は格子の内側ではなく外側に垂してあるのではないだろうか。吉海「平安朝の「格子」について―末摘花巻を中心に―」國學院雑誌108―6・平成19年6月参照。

(2) もちろん『うつほ物語』楼の上上巻や『蜻蛉日記』天延二年四月条の引用とも考えられる。

付録　「垣間見」関係研究文献目録

1　明田米作「源氏物語の垣間見」日本及日本人・昭和2年10月

2　今井源衛「古代小説創作上の一手法―垣間見に就いて―」国語と国文学25―3・昭和23年3月↓「物語構成上の一手法―かいま見について―」『王朝文学の研究』（角川書店）昭和45年10月↓『今井源衛著作集1』（笠間書院）平成15年3月

3　向井克胤「源氏物語における垣間見描写の視点―若紫の巻・北山山荘における―」国文学10―13・昭和40年11月

4　伊藤博「「野分」の後―源氏物語第二部への胎動―」文学35―8・昭和42年8月↓『源氏物語の原点』（明治書院）昭和55年11月

5　西村亨「かいまみ（古風の論理）」『王朝恋詞の研究』（慶応義塾大学言語文化研究所）昭和47年12月

6　篠原義彦「源氏物語に至る覗見の系譜」文学語学68・昭和48年8月↓『源氏物語の世界』（近代文芸社）平成5年4月

7　武原弘「源氏物語文体研究序説―場面描写と心理描写の相関または位相について―」梅光女学院大学国文学研究9・昭和48年11月↓『源氏物語論―人物と叙法―』（桜楓社）昭和51年9月

8　杉山康彦「源氏物語の語りの主体」『散文表現の機構』（三一書房）昭和49年10月

9 林田孝和「垣間見の文芸―源氏物語を中心にして―」言語と文学2・昭和51年6月↓『源氏物語の発想』(桜楓社)昭和55年3月

10 川上規子「源氏物語における垣間見の研究」東京女子大学日本文学46・昭和51年9月

11 津田敏栄「源氏物語における敬語の特殊相―語り手と表現の方法の考察の出発点として―」山口国文3・昭和55年3月

12 西村亨「かいまみ」『王朝恋詞の研究』(桜楓社昭和56年1月)↓『新考王朝恋詞の研究』(おうふう)平成6年10月

13 ルイス・クック「宇治の垣間見について」国際日本文学研究集会会議録4・昭和56年2月

14 橋本昌代「かいま見とゆかり―源氏物語の一視点―」同志社大学国文学18・昭和56年3月

15 村井信彦「かいまみ論―視覚論(1)」遠方8・昭和56年4月

16 三谷邦明「夕霧垣間見」『講座源氏物語の世界五』(有斐閣)昭和56年8月

17 津田敏栄「源氏物語における表現の方法―野分巻の文章分析―」山口国文5・昭和57年3月

18 室伏信助「かいまみ」国文学28―16・昭和58年12月↓『王朝物語史の研究』(角川書店)平成7年6月

19 神田秀夫「垣間見その他―古小説の技法・その四」『古小説としての源氏物語』(明治書院)昭和59年1月

20 篠原義彦「源氏物語の世界(その一)―北山の垣間見をめぐって―」日本文学研究22・昭和59年12月↓『源氏物語の世界』(近代文芸社)平成5年4月

21 茅場康雄「源氏物語のかいま見」学苑541・昭和60年1月

22　大朝雄二「伊勢物語初段の「かいま見」と源氏物語」中古文学35・昭和60年5月↓『源氏物語続編の研究』（桜楓社）平成3年10月

23　桑原博史「源語美論―かいまみの舞台的趣向―」『ことばの林』（明治書院応用言語学講座6）昭和61年3月

24　土方洋一「岐路の場面―空蝉の場合―」日本文学35―8・昭和61年8月↓『源氏物語のテクスト生成論』（笠間書院）平成12年6月

25　三田村雅子「物語文学の視線」『体系物語文学史二』（有精堂）昭和62年2月↓『源氏物語感覚の論理』（有精堂）平成8年3月

26　北川原平造「「かいま見」の空間」上田女子短期大学紀要10・昭和62年3月

27　室城秀之「かいまみ・たちぎき」別冊国文学王朝物語必携・昭和62年9月

28　篠原義彦「源氏物語の世界（その三）―「橋姫」の巻の垣間見―」日本文学研究25・昭和62年12月↓『源氏物語の世界』（近代文芸社）平成5年4月

29　廣田収「『源氏物語』における様式としての垣間見」『古代文学の様式と機能』（桜楓社）昭和63年4月↓『『源氏物語』系譜と構造』（笠間書院）平成19年3月

30　高田祐彦「垣間見」別冊国文学竹取物語伊勢物語必携・昭和63年5月

31　三苫浩輔「源氏物語のひなつめと覗き見」『源氏物語の探究十三』（風間書房）昭和63年7月↓『源氏物語の伝承と創造』（おうふう）平成7年2月

32　土方洋一「〈姉妹連帯婚〉的発想―源氏物語から―」日本文学38―5・平成元年5月↓『源氏物語のテ

クスト生成論』（笠間書院）平成12年6月
33 三谷邦明「野分巻における〈垣間見〉の方法―〈見ること〉と物語あるいは〈見ること〉の可能と不可能―」『物語文学の方法Ⅱ』（有精堂）平成元年6月
34 山村美樹「花桜邸の女房と童と―「花桜折る少将」の垣間見場面について―」古典文学論注1・平成2年7月
35 久下裕利「源氏物語を読む―その三、垣間見―」学苑613・平成2年11月
36 高橋亨「物語文学のまなざしと空間」日本の美学16・平成3年3月↓『物語と絵の遠近法』（ぺりかん社）平成3年9月
37 曽根誠一「「橋姫」巻における垣間見の再検討―薫の行動原理としての「後見」意識の始発について―」古代文学研究第二次1・平成4年10月
38 新沼三和「源氏物語の女性観―かいま見場面を中心として―」儀礼文化18・平成5年1月
39 高野美鈴「『源氏物語』春の垣間見―桜・夕暮れ・霞・簾―」新大国語19・平成5年3月
40 篠原義彦『源氏物語の世界』（近代文芸社）平成5年4月
41 佐藤敬子「若紫の巻のかいまみ―遊仙窟・伊勢物語初段との引用関係を中心として―」論究37・平成5年4月
42 下鳥朝代「虫めづる姫君と『源氏物語』北山の垣間見」国語国文研究94・平成5年7月
43 山本登朗「「かいまみ」の意味―伊勢物語六十三段をめぐって―」ことばとことのは10・平成5年12月↓『伊勢物語論』（笠間書院）平成13年5月

44　三谷邦明「源氏物語の〈語り〉と〈言説〉―〈垣間見〉の文学史あるいは混沌を増殖する言説分析の可能性―」『源氏物語の〈語り〉と〈言説〉』（有精堂）平成6年10月↓『源氏物語の言説』（翰林書房）平成14年5月

45　田島智子「『虫めづる姫君』と『源氏物語』―若紫垣間見の影―」四天王寺国際仏教大学紀要文学部27・平成7年3月

46　川名淳子「空蝉巻の垣間見―「中柱にそばめる人」―」東横国文学27・平成7年3月↓『物語世界における絵画的領域』（ブリュッケ）平成17年12月

47　川名淳子「空蝉巻の垣間見（続）―物語絵との関連から―」東横国文学28・平成8年3月↓『物語世界における絵画的領域』（ブリュッケ）平成17年12月

48　倉田実「垣間見」『源氏物語ハンドブック』（新書館）平成8年10月

49　助川幸逸郎「椎本巻末の垣間見場面をめぐって―〈女一の宮〉とのかかわりを軸に―」中古文学論攷17・平成8年12月

50　渡瀬茂「垣間見の「たり」と「り」」富士フェニックス論叢5・平成9年3月

51　吉海直人「「垣間見」再検討―空蝉巻の「垣間見」疑義―」解釈43―6・平成9年6月↓『源氏物語の新考察』（おうふう）平成15年10月

52　山本登朗「伊勢物語のこころ―「かいまみ」の意味するもの―」文芸論叢49・平成9年9月

53　森上文子「『堤中納言物語』における「かいま見」と「のぞき見」について」筑紫国文20・平成9年10月

54 塚原明弘「「少女」巻の五節―夕霧のかいま見をめぐって―」『源氏物語と古代世界』（新典社）平成9年10月↓『源氏物語ことばの連環』（おうふう）平成16年5月

55 松井健児「碁を打つ女たち―『源氏物語』の性差と遊びわざ―」国語と国文学75―11・平成10年11月↓『源氏物語の生活世界』（翰林書房）平成12年5月

56 島貫明子「薫と宇治八の宮家―かいまみ・ゆかり・形代―」緑岡詞林23・平成11年3月

57 塚原明弘「光源氏のかいま見―物語展開をめぐって―」國學院雑誌100―5・平成11年5月↓『源氏物語ことばの連環』（おうふう）平成16年5月

58 吉海直人「『源氏物語』若紫巻の「垣間見」再検討」國學院雑誌100―7・平成11年7月↓『源氏物語の新考察』（おうふう）平成15年10月

59 石阪晶子「照らし返される藤壺―幻視が意味づける若紫垣間見―」日本文学48―9・平成11年9月↓『源氏物語における思惟と身体』（翰林書房）平成16年3月

60 松田喜好「『伊勢物語』成立過程の垣間見」『講座平安文学論究14』（風間書房）平成11年10月　＊ただし内容は全く無関係

61 保戸塚朗「かいまみ」『王朝語辞典』（東京大学出版会）平成12年3月

62 斎藤奈美「「風こそげに巌も吹き上げつべきものなりけれ」―野分巻の垣間見と紫の上の居所―」日本文芸論叢15・平成13年3月

63 光安誠司郎「柏木と夕霧の会話における〈状況〉〈期待〉〈表現〉〈推測〉―『源氏物語』若菜上巻の会話から―」物語研究2・平成14年3月

64　三谷邦明「自由直接言説と意識の流れ—宿木巻の言説の方法あるいは読者の言説区分—」『源氏物語の言説』（翰林書房）平成14年5月
65　米沢公子「かいまみ」『源氏物語事典』（大和書房）平成14年5月
66　三田村雅子「若紫垣間見再読—だれかに似た人—」源氏研究8・平成15年4月
67　吉海直人「『伊勢物語』の「垣間見」再検討—聴覚と演技を読む—」『伊勢物語の表現史』（笠間書院）平成16年10月
68　東原伸明「夕霧垣間見・光源氏を「見る」人と親—子の論理—「野分」巻の〈語り〉と〈テクスト〉の連関—」『源氏物語の語り・言説・テクスト』（おうふう）平成16年10月
69　小野瀬知美「『源氏物語』野分巻再考—明石姫君の垣間見場面を中心に—」北海道大学大学院文学研究科研究論集4・平成16年12月
70　三谷邦明「閉塞された死という終焉とその彼方（一）—浮舟物語を読むあるいは〈もののまぎれ〉論における彼方を越えた絶望—」横浜市立大学論叢人文科学系列56—1・平成17年3月↓『源氏物語の方法』（翰林書房）平成19年4月
71　三谷邦明「暴挙の行方・〈もののまぎれ〉論（一）—女三の宮と柏木あるいは〈他者〉の視点で女三の宮事件を読む—」横浜市立大学論叢人文科学系列56—2・平成17年3月↓『源氏物語の方法』（翰林書房）平成19年4月
72　吉海直人「垣間見る薫」『源氏物語宇治十帖の企て』（おうふう）平成17年12月
73　大類隆明「垣間見の機能—源氏物語橋姫三帖の言説機能と物語展開との関係—」青山語文36・平成18

年3月
74 久富木原玲「尼姿とエロス―源氏物語における女人出家の位相―」古代文学45・平成17年度
75 廣田収「垣間見から見る六条院の構造」『『源氏物語』系譜と構造』（笠間書院）平成19年3月
76 吉海直人「夕顔巻の「垣間見」再検討」解釈53―3、4・平成19年4月
77 吉海直人「垣間見の総合分析」同志社女子大学大学院文学研究科紀要8・平成20年3月

初出一覧

1 「垣間見の総合分析」同志社女子大学大学院文学研究科紀要8・平成20年3月
2 「書き下ろし」
3 「『伊勢物語』の「垣間見」再検討—聴覚と演技を読む—」『伊勢物語の表現史』（笠間書院）平成16年10月
4 「「垣間見」再検討—空蝉巻の「垣間見」疑義—」解釈43—6・平成9年6月
5 「夕顔巻の「垣間見」再検討」解釈53—3、4・平成19年4月
6 「『源氏物語』若紫巻の「垣間見」再検討」國學院雑誌100—7・平成11年7月
7 「書き下ろし」
8 「書き下ろし」
9 「垣間見る薫」『源氏物語宇治十帖の企て』（おうふう）平成17年12月
10 「書き下ろし」
11 「書き下ろし」
12 「書き下ろし」

あとがき

まさか「垣間見」論で、ささやかとはいえ一書を上梓することになろうとは、夢にも思わなかった。昔から方法論的な思考は苦手であるし、遠くから仰ぎ見ていた今井源衛先生に真っ向から挑戦するだけの度胸も能力も持ち合わせていなかったからである。だから私の「垣間見」論は、ただただ畏敬する今井先生の「垣間見」論をたどりながら、その新たな可能性を模索したものであり、地道な読みの積み重ねに立脚した成果であって、決して方法論として確立しているわけではないことをお断りしておきたい。

私の中で「垣間見」が少しばかり形になったのは、前著『源氏物語の新考察』（おうふう）においてであった。そこには空蝉と若紫の「垣間見」論が混在していた。ただその頃は分量的にも微々たるものであり、さほど発展できるテーマとは思っておらず、むしろ垣間見を通した空蝉論であり紫の上論という意識の方が強かった。という以上に、「垣間見」論は既に閉塞しているとさえ勝手に思い込んでいた。それが次第に『伊勢物語』や橋姫巻の「垣間見」論に飛び火していったこと、また中古文学会関西部会で口頭発表した「「垣間見」論の再検討」がかなり不評だったこと、日本文学に投稿した垣間見論が不採用になったことで、かえって何とかしたいという気持ち（負けじ魂）が高まっていった。

当初の私のポイントは、「垣間見」という語の印象に引きずられてか、視覚以外の聴覚・嗅覚が軽視されていたことに警鐘をならそうとしたことであった。また『伊勢物語』の検討から、見られる側の演技ということが無視できなくなったことで、従来の「垣間見」の定義を根本から見直さなければならないと思うようになってきた。次に恋物語展開の契機に焦点が絞られたことで、女性による垣間見が問題視されていないこともわかってきた。そうこうするうち、見る側についても、単に視覚的に見えにくいというのではなく、そこに思い込みや偏見や誤解といったフィルターが介在していることが見えてきた。見ている人の目に同調していながら、読者の方がより多くの情報を得ている場合も少なくない。まさしく「垣間見」は、『源氏物語』において巧妙に仕掛けられている物語展開の手法だったのである。

こうなるとだんだん面白くなってきたので、全体の構成を考えながら一気に書き上げた次第である。幸い勤務校で入学センター所長という重責から解放されたこともあって、二年ぶりに時間的な余裕ができたのも好都合であった。そのため半分が書き下ろしになっている。源氏物語千年紀とされている二〇〇八年にちょうど私は五十五歳になる。五年後の還暦の年にどんな研究成果が報告できるかわからないので、その半分のところで本書を世に問うことができてこんな嬉しいことはない。
　末尾ながら、本書をまとめるきっかけを与えて下さった今は亡き今井先生に心からお礼申し上げたい。先生には中古文学会における研究発表や国文学研究資料館への就職などで大変お世話になった。本書はその学恩に少しでも報いるべく、先生の御研究を私なりに発展継承させたものである。その私の思いを理解して本書を刊行して下さった笠間書院にもお礼申し上げたい。

平成二十年三月三十一日

著者記す

吉海　直人（よしかい　なおと）
昭和28年７月、長崎県長崎市生まれ。
國學院大學文学部、同大学院博士課程後期修了。博士（文学）。
日本学術振興会奨励研究員、国文学研究資料館文献資料部助手を経て、
現在、同志社女子大学学芸学部日本語日本文学科教授、大学院教授。
主著：『源氏物語研究而立篇』（影月堂文庫）昭58。
『源氏物語の視角』（翰林書房）平４。
『平安朝の乳母達』（世界思想社）平７。
『源氏物語研究ハンドブック１、２』（翰林書房）平11。
『源氏物語研究ハンドブック３』（翰林書房）平13。
『源氏物語の新考察』（おうふう）平15。

「垣間見《かいまみ》」る源氏物語　紫式部の手法を解析する

2008年７月30日　初版第１刷発行

著者　吉海　直人

装幀　笠間書院装幀室

発行者　池田つや子
発行所　有限会社　笠間書院
東京都千代田区猿楽町2-2-3［〒101-0064］
電話　03-3295-1331　Fax　03-3294-0996

ISBN978-4-305-70387-3　©YOSHIKAI 2008　印刷／製本：シナノ
乱丁・落丁本はお取り替えいたします。　（本文用紙・中性紙使用）
出版目録は上記住所またはhttp://www.kasamashoin.jp/まで。